Le LIVRE de POCHE

JEUNESSE

ALAN JOLIS

Né à New York en 1953, Alan Jolis a vécu à Paris jusqu'à l'âge de treize ans ; il a été à l'école et au collège en France. Il a poursuivi ses études aux États-Unis, où il a obtenu une maîtrise en langue et littérature russe avant de devenir avocat. Il a ensuite travaillé une dizaine d'années comme juriste international à Wall Street, tout en écrivant, la nuit, des pièces de théâtre. Il collabore désormais aux pages littéraires de grands journaux américains, et il a publié son premier roman en 1991. Il réside à Paris et a présenté un texte inédit, *Les sorcières de Rochenoire*, au Livre de Poche Jeunesse.

LES SORCIÈRES
DE ROCHENOIRE

ALAN JOLIS

LES SORCIÈRES DE ROCHENOIRE

OU LA GUERRE DU RIRE

Traduit de l'américain
par Marianne Costa

Illustrations :
Benoît Debecker

HACHETTE Jeunesse

Pour Jake, bien sûr,
et aussi pour Eva et sa grand-mère,
dont le sourire nous a donné la force
de traverser la nuit.

Un grand merci à Annie et Janie !

1

La forteresse de Rochenoire

Au beau milieu – ou presque – de l'Atlantique Nord s'élève une immense tour de lave noire solidifiée, entourée de falaises abruptes, jaillies des profondeurs de l'océan et surplombant la mer de leurs cent vingt mètres de hauteur. Cette île s'appelle Rochenoire.

Oasis sauvage et déserte parmi les tourbillons d'écume de la mer glacée, elle est de ces lieux idylliques où semble planer quelque bénédiction éternelle.

Les pêcheurs y jettent volontiers leurs filets, et les relèvent toujours pleins. Mais la plupart du temps, il est si difficile d'accéder à ce lieu isolé que les mouettes, les oiseaux de toutes sortes et les tortues y vivent dans une solitude complète, prospérant et jouissant de la vie, absolument indifférents aux agitations du monde.

Mais Rochenoire ne fut pas toujours ce paradis de calme et de beauté : voici des années, l'île était sous la domination des sorcières. A cette époque, elle était entourée d'une fumée noire qui la dissimulait à tous les regards et répandait à des kilomètres un épais brouillard gris.

Druzilla Ragedenfer, vilaine sorcière du Nord et treizième sorcière d'Armagédon, s'était établie à Rochenoire pour jouir de la solitude que lui offrait cette forteresse naturelle.

Elle avait trois filles, encore adolescentes et apprenties sorcières. Comme celles-ci ne savaient pas conduire le manche à balai, leur mère les emmenait

voler avec elle. A cet effet, elle avait troqué son propre balai contre un sapin où trois passagers pouvaient tenir à l'aise.

C'est ainsi que, durant des années, Druzilla et ses filles occupèrent l'espace aérien autour de Rochenoire. Et elles y seraient encore aujourd'hui sans les événements que je m'apprête à vous raconter.

Les sorcières caquettent plutôt qu'elles ne rient, d'un rire grinçant et saccadé, doux à leurs propres oreilles. Les gémissements de tristesse et de douleur leur sont une musique exquise. Mais s'il est une chose qu'elles ne peuvent souffrir, c'est d'entendre rire un enfant.

Elles n'y comprennent rien, il leur semble qu'on se moque d'elles. Pire : cette hilarité les blesse dans leur chair. On a même vu des sorcières, exposées à un excès de rire d'enfant, en mourir sur-le-champ.

C'est la raison pour laquelle, lorsqu'elles passent au-dessus d'une ville, les sorcières se bourrent les oreilles de mie de pain. Ainsi le vacarme des enfants heureux ne les atteint plus.

Rochenoire étant situé à des milles et des milles de tout lieu habité, Druzilla Ragedenfer et ses filles n'avaient pas à s'inquiéter. Cependant, une fois toutes les éternités, lorsque le vent changeait d'orientation et que s'inversait la rotation de la terre, l'air de la mer devenait si frais, si pur, qu'il transportait les sons à des distances extraordinaires.

Une de ces fois-là, croyez-moi si vous voulez, quelque chose d'impalpable, d'invisible, se faufila jusqu'à Rochenoire, comme un vol de libellule sur les flots, comme la soie d'un fil d'araignée flottant au gré du vent : un son quasi imperceptible, de ceux que seule l'oreille la plus sophistiquée peut discerner.

Ce n'était qu'un rien, une poussière, mais ce rien suffit à retourner l'estomac de nos sorcières. Les poils de leurs verrues se hérissèrent, des giclées d'acide leur montèrent à la gorge.

Tout d'abord, Druzilla supposa que ce bruit provenait des craquements d'un iceberg. Il ne durait jamais longtemps et s'éteignait comme il était venu. Mais bientôt le doute ne fut plus permis : c'étaient des cris de joie, des rires d'enfants, encore amplifiés par les falaises abruptes et les flèches de lave noire, qui agissaient comme une chambre d'écho.

Les trois filles de la sorcière passaient le plus clair de leur temps à la maison. Au bout de quelque temps, elles devinrent folles de rage et d'écœurement, et décidèrent de mettre fin à cette torture.

Un beau jour, comme le son insouciant voletait çà et là autour d'elles, les trois adolescentes le poursuivirent, l'attrapèrent et se présentèrent devant leur mère, toutes fières, les mains pleines d'air, en braillant :

« Maman, maman, nous l'avons attrapé !

— Idiotes que vous êtes ! s'exclama Druzilla. Et quelle ignorance que la vôtre ! Vous avez coupé une branche quand c'est la plante entière qu'il faudrait déraciner. Pour exterminer le rire, on ne s'y prend pas autrement que pour massacrer un rosier, c'est seulement un peu plus difficile. Il faut étouffer le rire dans la gorge de l'enfant, pour qu'il n'y repousse plus.

— Les enfants seulement ? Pourquoi pas les adultes ? s'enquit Exécrable, l'aînée des filles.

— C'est bien plus facile avec les adultes. Pour les empêcher de rire, il suffit de couvrir le ciel de nuages, de faire baisser les taux d'intérêt ou de déclencher une guerre.

« Mais le rire des enfants... Nous n'y comprenons rien, mes filles, et nous ne savons pas nous en rendre maîtresses. C'est la seule chose contre laquelle nous soyons impuissantes. Depuis la nuit des temps, les enfants s'amusent en dépit de toutes les horreurs que nous inventons. Ils rient sans raison, ils rient même lorsqu'ils devraient pleurer ! »

Et Druzilla expliqua à ses filles combien le rire des enfants est précieux pour l'équilibre des familles, apportant gaieté et vitalité aux grands-parents et aux parents. Privés du rire d'un enfant, la plupart des adultes perdent la lumière qui illumine leur cœur.

« Le pire de tous, poursuivit-elle, c'est le rire spontané. Celui-là guérit même les malades. Dans les hôpitaux, ils ont inventé des salles spéciales où ils font venir des clowns, et ils montrent des films comiques aux patients. Figurez-vous qu'à force de rire, les gens retrouvent la santé ! C'est intolérable.

— Mais alors, qu'attendons-nous ? s'écria Pleurnicharde, la benjamine. Débarrassons-nous de ce fléau !

— Tu parles d'or, ma fille ! s'exclama Druzilla. C'est un désastre, Rochenoire est devenu invivable ! »

Ses trois filles lui manifestèrent leur approbation en caquetant et en grinçant des dents.

Pour faciliter la tâche, Druzilla choisit d'attaquer pendant la veillée de Noël, date à laquelle les enfants sont particulièrement heureux et rient à gorge déployée.

Cette nuit-là, donc, elle sortit son vieux mortier volant, agrémenté d'un pilon et grand comme un wagon de marchandises, et pria ses trois filles de s'y installer. Elle emporta aussi une malle pour y enfermer tous les rires des enfants.

Puis les quatre sorcières s'embarquèrent, volant et glissant à la crête des vagues, sur la piste du petit son moqueur. Il ne les conduisit pas vers l'Islande, à l'ouest, ni vers le Groenland, au nord, mais vers l'est. L'oreille aux aguets, comme un sonar, elles dépassèrent l'Ecosse et accostèrent devant le village de Trollhaven, quelque part au sud d'Oslo, en Norvège, et au nord de Göteborg, en Suède.

Le froid était mordant, mais les sorcières, dans les veines desquelles coule de la glace verte, ne sont pas sensibles au froid. Druzilla prononça une formule magique et rendit tout le monde invisible, mortier et pilon compris.

Et la chasse commença. Dès qu'elle entendait quelqu'un s'esclaffer, enfant ou adulte, elle lui fondait dessus pour lui arracher le rire de la bouche.

Les parents, qui avaient sommeil, ne s'en rendirent même pas compte. Quelques enfants tentèrent de les alerter, disant qu'ils avaient ressenti comme une secousse dans la gorge, puis un vide étrange, mais il était tard et les parents leur reprochèrent d'avoir trop d'imagination.

Et ainsi les enfants qui avaient ri toute la journée, et qui n'avaient pas voulu se coucher à l'heure habituelle tant leur excitation était grande, se trouvèrent fatigués d'un seul coup et acceptèrent tranquillement d'aller dormir.

Après deux heures de traque et de chasse, Druzilla et ses filles estimèrent qu'elles avaient réussi à enfermer tous les rires dans leur malle.

Le silence régnait sur Trollhaven.

« N'avons-nous pas oublié un enfant,

un bébé caché sous un lit ou derrière un rideau ? s'enquit Druzilla.

— Naaaaan », répondirent les trois filles en chœur.

Elles commençaient à trouver le temps long et à avoir sommeil elles aussi.

« Vous avez bien regardé sous les lits ? Dans les placards ? »

Mentant effrontément, Exécrable, Rance et Pleurnicharde jurèrent à leur mère qu'elles avaient tout vérifié. Alors la vilaine sorcière du Nord miaula et ulula, régla son mortier sur la vitesse supersonique et s'en retourna à Rochenoire avec son précieux fardeau.

Dans la Salle du Silence (c'était le nom de la grande salle à manger officielle du château), les sorcières passèrent la nuit entière à fêter leur succès. Elles burent tant de sang frais et de lait de vampire, mangèrent tant de crapauds et d'yeux de lézards, qu'elles attrapèrent une indigestion épouvantable assortie d'une terrible migraine. Nonobstant, elles continuèrent à caqueter, à grincer des dents, à manger et à boire. Car les banquets de sorcières peuvent durer des mois et des mois...

De temps en temps, elles enlevaient les boules de mie de pain qu'elles s'étaient fourrées dans les oreilles et s'approchaient de la malle pour contempler leur prise avec une joie mauvaise.

D'abord, les rires captifs continuèrent à retentir dans leur prison, comme s'ils s'amusaient entre eux. Mais les jours passant, comme ils n'avaient plus rien de drôle à se mettre sous la dent et qu'ils étaient séparés des enfants qui leur donnaient la vie, les rires se mirent à soupirer, à gémir et à pleurer.

Exécrable affirmait qu'ils ne tarderaient pas à mourir. Rance, au contraire, craignait qu'ils ne se mettent simplement en hibernation et qu'un beau jour, se réveillant brusquement, ils ne fassent exploser la malle.

Alors, pour plus de sécurité, on enferma la malle dans un coffre de plomb et ce coffre lui-même dans un cercueil de marbre noir, lequel devait être immergé au fond de l'océan.

« Mais ouvrons-le quand même encore une fois, supplia Pleurnicharde. Juste pour les regarder souffrir. J'aime tellement les voir ainsi humiliés et réduits à nous demander grâce !

— Attention, ma fille, l'avertit Druzilla. Les rires pourraient se révolter. Ne sois donc pas trop curieuse, et surtout n'ouvre plus cette boîte. »

Quoique invisibles, les rires possédaient une âme qui reflétait la personne à qui ils avaient appartenu. Ainsi les enfants de l'institutrice, du boulanger, du droguiste, étaient entassés en désordre les uns sur les autres. Les sorcières n'arrivaient plus à les distinguer, mais elles s'en moquaient. Tout ce petit monde souffrait, et c'était là le sujet essentiel de leur contentement...

Un jour de printemps, alors que les sorcières dormaient tout leur soûl pour se remettre de leur interminable banquet – dormaient sur leur migraine, leurs maux d'estomac, leur dos courbatu, leur caquet éraillé – un jour, donc, flottant sur l'océan, un minuscule murmure, comme une ride à la surface du vent frais et joyeux, vint leur chatouiller les oreilles.

Druzilla Ragedenfer se dressa d'un bond sur son lit en peau de hérisson et ordonna à la fanfare des serpents de faire silence. Aussitôt, sifflements et glissements cessèrent.

« Qu'est-ce que c'est que ça ? » s'enquit la sorcière.

Tous les animaux familiers qui vivaient à ses crochets s'empressèrent de répondre dans leur langage, craignant d'être battus s'ils se tenaient cois.

Le python enroulé autour du cou de Druzilla darda sa langue fourchue, les hideux crapauds qui logeaient sur son chapeau en accordéon se mirent à coasser, et les chauves-souris accrochées dans son dos poussèrent de petits glapissements en aiguisant leurs dents pointues.

D'un coup de pied, Druzilla tira Rance de son sommeil.

Puis, gratifiant son aînée Exécrable d'une bonne claque, elle lui demanda :

« Tu entends ? »

Les filles tendirent l'oreille sans trop savoir pourquoi leur mère se mettait dans un état pareil.

« Nous avons oublié un enfant, caquetait Druzilla. Ecoutez : c'est un petit garçon qui rit, il doit avoir cinq ans. Il nous faut retourner à Trollhaven !

— Mère, mère, protestèrent les filles ensommeillées, c'est un cauchemar, retournez vous coucher ! »

Et elles la bordèrent sans ménagement dans son lit en peau de hérisson, avec un oreiller d'orties vénéneuses.

Tout en se mettant à ronfler, Druzilla marmonna :

« Rappelez-moi de vous renvoyer à l'école, empotées que vous êtes ! Le charme est le premier atout de la sorcière, et vous en manquez considérablement... »

Bientôt Exécrable, Rance et Pleurnicharde se rendormirent elles aussi, sans plus se soucier d'un certain petit garçon nommé Jake Hanson, alias Petit Jake. D'ailleurs, elles ne le connaissaient même pas...

2

Petit Jake...

... avait comme une drôle d'impression. Depuis le soir de Noël, où sa mère l'avait envoyé au lit de bonne heure en raison de son comportement détestable, il lui semblait que les choses avaient changé du tout au tout à Trollhaven.

Les adultes expliquaient ce changement en parlant de crise économique, du mauvais temps, de phénomènes temporaires. Mais Jake ne pouvait se contenter de ces explications.

Il avait beau interroger les fourmis pour savoir où étaient passés les rires des enfants, elles n'en avaient aucune idée ; même les souris des champs demeuraient perplexes. Et lorsque Jake s'adressa à ses amies les vaches, il n'en put rien tirer.

Il demandait :

« Madame MacGiddicully, faites-moi rire, s'il vous plaît ! »

Mais la vache blanche se bornait à agiter la queue.

Jake vivait dans l'espoir de voir revenir ses amies les oies migratrices : lorsqu'elles s'arrêtaient à Trollhaven, c'était toujours la fête.

Un beau jour, comme le soleil entrait à flots dans la maison, comme le vent décoiffait les cheveux jaunes de sa maman et faisait battre le drapeau que son papa avait hissé au mât – car c'était dimanche –, un beau jour, donc, Jake, sitôt son déjeuner avalé, partit en quête d'un troll. Car nul n'est mieux qualifié qu'un troll, c'est bien connu, pour résoudre les problèmes des enfants.

Jake marcha donc jusqu'au bout du jardin, à la lisière de la forêt. Il s'imaginait que sous chaque rocher moussu, derrière chaque souche recouverte de champignons, une petite créature aux longs doigts l'observait...

Mais il eut beau crier et appeler, aucun troll ne se présenta pour l'aider. Plusieurs fois, il tourna brusquement sur ses talons pour les prendre au dépourvu, mais en vain.

Il décida de pousser plus loin, sur le petit chemin qui traversait la forêt en direction du lac.

Et il appelait :

« Ouh-ouh, les trolls ! »

Mais personne ne répondait.

« Où donc peut-on trouver un troll ? » se demandait-il.

A vrai dire, Jake n'avait jamais vu de trolls que dans ses livres illustrés. Il fouillait les racines et les rochers du talon de sa botte, sans résultat. S'il y avait des trolls dans cette forêt, ils se cachaient drôlement bien...

Mais soudain, à un détour du chemin, le petit garçon découvrit un gros rocher autour duquel s'entrelaçaient des racines noueuses.

« Voilà une cachette idéale, se dit-il. Si j'étais un troll, je construirais ma maison ici. »

Aussitôt, il ôta sa veste blanche et son chapeau, roula ses manches et se mit à creuser. Il creusa si fort qu'il se fatigua, et décida de se reposer au pied d'un arbre voisin.

La pluie avait lavé la poussière du chemin et ruisselé entre les racines d'un sapin centenaire, créant une sorte de petite caverne.

Du bout de son bâton, Jake se mit à tapoter la terre et à sonder la cavité, sans trop y croire...

Et soudain, une voix courroucée s'éleva :

« Holà, holà ! Fais attention, veux-tu ? »

Un petit homme à barbe blanche surgit d'entre les racines.

Il mesurait à peu près la même taille que Jake, c'est-à-dire quatre-vingt-onze

centimètres. Ses joues roses brillaient dans sa face ridée, ornée d'un nez en patate. Il était vêtu d'une chemise d'écorce, d'une culotte de mousse verte et d'un chapeau à glands orné d'une clochette.

Jake pensa tout d'abord :

« Comme il est mignon ! J'aimerais le rapporter à la maison. »

Mais le vieux troll était fort en colère.

« Vois ce que tu as fait ! Mon beau salon est démoli. »

Jake jeta un coup d'œil à l'intérieur de la caverne. La maison du troll avait une porte en mousse et des champignons y tenaient lieu de table et de chaises. Les murs étaient bien propres et tout respirait l'ordre, excepté le salon dans un coin duquel s'ouvrait un trou béant.

« Je suis désolé, dit Jake. Je ne savais pas que c'était ta maison.

— Tu n'es qu'un balourd, déclara le troll.

— Je peux t'aider à réparer les dégâts », proposa le petit garçon.

Sur ces mots, il ramassa une brassée de terre et de feuilles mortes pour reconstruire le mur.

« Ah non ! Surtout, n'approche pas. Je ne veux pas que tu démolisses le reste. »

Malgré son dépit, Jake observa avec un grand intérêt comment le vieux troll s'y prenait pour reboucher le trou.

Une fois le travail terminé, celui-ci marmonna :

« Voilà. Mais j'aurai besoin de M. Taupe pour consolider tout cela.

— Moi, intervint Jake, je pense que tes murs seraient plus solides sans l'eau de pluie qui ruisselle du chemin... »

Tout en se lavant les mains, le troll grommela quelque chose d'incompréhensible.

Le petit garçon lui tendit sa paume ouverte, dans l'espoir de se réconcilier avec lui.

« Je m'appelle Jake Hanson. J'habite une grande maison toute blanche.

— Et moi, je m'appelle Sprinkelschnoudel, répondit le troll en s'inclinant.

— Sprinkel... Comment, au juste ? Schnabel ? »

De peur de paraître impoli, Jake s'inclina à son tour, mais ce nom lui semblait vraiment bizarre. Le troll, qui avait l'air de bien meilleure humeur, esquissa une seconde révérence.

« J'ai bien dit Sprinkel, de la lignée des Schnoudel, vingt-cinquième du nom. Que dirais-tu d'une tasse de thé au citron ?

— Non merci, sans façons.

— Un petit gâteau, peut-être ?

— Je n'ai pas faim. Je sors tout juste de table. Ecoute, je ne voudrais pas t'embêter, mais personne ne veut plus rire avec moi. Ce n'est pas drôle, je m'ennuie fort.

— Je crois, dit le troll, que tu devrais perdre l'habitude de démolir la maison des autres. C'est la première règle à observer.

— Tu ne veux pas m'aider ? J'aimerais que mes amis s'amusent avec moi, comme avant. »

Le troll jeta un coup d'œil à son bras

gauche, où s'alignaient trois bracelets-montres.

« Non, non ! J'ai des choses bien plus importantes à faire. Vois, l'heure du thé a sonné. A cette heure-ci, il te faut impérativement prendre le thé avec moi : c'est la règle numéro deux.

— Moi, objecta Jake, je n'aime pas beaucoup les règlements. »

Mais comme il n'avait pas le choix, il suivit le troll dans sa maison et s'installa dans la cuisine.

« Nous autres trolls, expliqua Sprinkelschnoudel, nous avons âprement bataillé avec la Commission Parlementaire pour obtenir deux pauses quotidiennes en vue de prendre le thé, l'une à onze heures du matin, l'autre à quatre heures de l'après-midi. Bien que je sois à la retraite, il me semble essentiel de maintenir ces droits durement acquis, sans quoi ils risquent de nous être retirés.

— Certes », observa Jake.

Il n'avait aucune envie de discuter, et d'ailleurs il se souciait comme d'une guigne de l'heure du thé. Après un silence, il reprit :

« Tu ne peux pas imaginer comme Trollhaven est devenu triste depuis que personne ne rit plus.»

Sprinkelschnoudel était en train de mettre la table. Après avoir apporté un pot d'eau bouillante, de la confiture et des tranches de pain d'épice, il expliqua à son nouvel ami :

« J'ai cent soixante-dix-neuf ans passés. Du moins est-ce le chiffre auquel je suis arrivé la dernière fois que j'ai compté. Tu vois bien que j'ai passé l'âge d'aider les petits enfants.

— Mais as-tu vraiment d'autres activités plus importantes ?

— Non, aucune », répondit le troll.

Car il ne savait pas mentir.

« Alors si tu n'as rien à faire, tu peux aussi bien m'aider !

— C'est juste. Mais pour le moment, je suis fatigué. Je fais toujours la sieste après mon thé. »

Jake était un peu fâché, mais il n'en laissa rien paraître.

« Pourquoi est-ce que les gens ne rient plus, à ton avis ?

— Mon cher, répondit le troll, les gens ont parfois besoin d'une bonne raison pour s'esclaffer.

— Mais non ! Moi, je ris souvent sans raison, simplement parce que j'en ai envie. Ce sont les autres, tous les autres qui ne veulent plus rire. Tous mes copains ont changé : Dinkelshpiel, le petit berger qui joue de la flûte toute la journée et qui dort dans les champs, Janie et Annie, les filles du boulanger, et même Strudelmeyer junior, le petit garçon qui ne fait que des bêtises. Ils ne rient plus jamais.

— Il faudrait peut-être leur raconter des blagues ? Apprends à placer tes effets comiques au bon moment et tu verras...

— Mais ils n'ont même pas ri quand l'institutrice a trébuché et s'est étalée de tout son long ! »

Cette fois, le visage du vieux troll exprima une grande perplexité.

« Nom d'un petit bonhomme, que de

problèmes en une seule journée ! ... Je suis désolé, mon ami, mais il te faudra trouver un troll plus jeune et plus actif que moi pour t'aider.

— Et si j'offrais mon propre rire à mes copains ? »

Sprinkelschnoudel réfléchit un moment, puis hocha la tête.

« Non. Le rire est une chose qu'on possède à l'intérieur de soi. On ne peut pas rendre les autres heureux, il faut que chacun porte sa propre joie en lui.

— Alors que me conseillerais-tu ?

— Fais un petit somme. Quand tu seras frais et dispos, va-t'en chercher un troll qui puisse t'aider. »

Sur ces mots, le vieux troll s'allongea, tira à lui sa couverture de mousse et d'écorce et ferma les yeux.

« Attends ! s'écria Jake. Où trouverai-je un jeune troll qui accepte de m'aider ?

— Oh, marmotta Sprinkelschnoudel, de nos jours... les jeunes ne veulent plus travailler dans la région, ils s'en vont tous à la ville... Bonne nuit ! »

Et il se mit à ronfler.

« Bon, déclara Jake, je vais m'en aller. »

Il n'avait aucune envie de partir. Il faillit ajouter :

« Merci beaucoup pour le thé... »

Mais il s'aperçut que le troll dormait à poings fermés.

« C'est bien ma chance, songea-t-il en refermant la porte sans bruit. Il a fallu que je rencontre un troll à la retraite ! »

3

Le village de Trollhaven...

... n'était plus le même. Depuis Noël, toute vitalité et toute jeunesse avaient disparu, comme si Trollhaven, privé de ses rires d'enfants et se refermant sur lui-même, avait perdu cette force de vie qui le faisait vibrer naguère et lui donnait sa force.

Lorsque les villageois, au marché, tiraient un bon prix de leurs produits, ils conservaient leur air maussade. Même lorsqu'ils gagnaient à la loterie, ou qu'un enfant naissait, ils faisaient grise mine. En festoyant, en mangeant, en buvant, ils demeuraient moroses.

Tout le monde se comportait bizarrement avec Jake. A l'école, les autres enfants s'ingéniaient à inventer des grimaces et à faire de drôles de bruits, rien que pour le faire pouffer.

On se précipitait de l'autre bout du village pour l'écouter rire. Avec un mélange de peur et d'envie, on lui murmurait :

« S'il te plaît, Jake, rigole un peu. Nous voulons t'entendre rire toute la journée.

— Oui, vas-y, esclaffe-toi ! »

Mais Jake n'avait aucune envie de rire tout seul au milieu d'un cercle de spectateurs. Il leur expliqua qu'il ne pouvait pas rire sur commande et que plus ils le menaçaient, plus ils le suppliaient, moins il les trouvait drôles et moins il avait envie de rire.

Les autres enfants en avaient par-dessus la tête de passer leurs journées à attendre que Jake veuille bien rire.

Au bout de quelque temps, tous ses

amis cessèrent de lui parler. Lorsqu'ils le croisaient dans la rue, ils faisaient semblant de ne pas le reconnaître ou passaient sur l'autre trottoir pour ne pas être obligés de lui parler.

Les autres enfants, ceux qui n'avaient jamais été particulièrement amis avec Jake, se mirent à répandre des rumeurs sur son compte.

« Il n'est pas normal, disait-on, c'est lui qui a attiré le mauvais sort sur le village. »

Jake veillait à rire le moins possible pour que l'attention ne se porte pas sur lui, mais parfois il ne pouvait pas s'en empêcher. Le rire jaillissait de sa bouche et aussitôt, tout s'arrêtait dans le village.

On aurait pu entendre voler une mouche : l'institutrice s'immobilisait, la craie entre les mains, devant le tableau noir, Karalita la boulangère demeurait penchée sur son four, le visage rougi par les flammes. Ishkebibl le facteur s'arrêtait en plein milieu du trottoir avec son sac postal.

Larson le pêcheur cessait de ravauder ses filets et penchait la tête pour mieux entendre les éclats de rire. Enfin M. Strudelmeyer père, le coiffeur, s'interrompait, les ciseaux ou le rasoir à la main, et son client écoutait lui aussi, brusquement réveillé de son petit somme, le visage barbouillé de crème à raser.

Tout le monde s'arrêtait de travailler et prêtait l'oreille, tentant de se rappeler le temps passé où Trollhaven résonnait de rires. Même les gens les plus sinistres du village, ceux qui ne s'amusaient jamais, comme les Râleurs et les Bonsariens, ressentaient la nostalgie de ce passé si proche.

Mais Jake, s'apercevant que tout le monde l'écoutait, sentait la timidité l'envahir. Alors son rire s'éteignait et il partait se cacher.

Les week-ends, il restait dans sa chambre ou s'en allait au bois pour se promener avec le vieux troll. A chaque fois qu'il riait, les animaux de la forêt dressaient l'oreille. Et à l'insu de Jake, bien loin de là, les chevaux cessaient de tirer la charrue, et les poules de pondre leurs œufs.

Un des premiers jours de l'hiver suivant, le directeur de l'école de Trollhaven s'en vint frapper chez les Hanson : il voulait discuter avec les parents de Jake de ce qu'il appela « un problème urgent ». Le petit garçon, de sa chambre, l'avait vu arriver. Il se blottit en haut de l'escalier, tout contre la rampe, et écouta la conversation des adultes.

Ceux-ci s'étaient installés dans le salon de musique qui ressemblait à une serre : il y avait des fleurs à profusion, le canapé et même les coussins sur les chaises étaient couverts d'un tissu vert où s'entrelaçaient des branchages. Deux portes s'ouvraient sur le porche où un abri aux mangeoires pleines de graines attirait tous les oiseaux du voisinage.

« Nous sommes face à un véritable dilemme, commença le directeur. Jake est le seul enfant à rire, et ce faisant il perturbe l'école tout entière. Les autres deviennent jaloux, il nous est de plus en plus difficile de le protéger... »

Le directeur baissa la voix, comme s'il avait peur d'être entendu. Dans un murmure, il poursuivit :

« Pire : les élèves se sont mis à répandre le bruit qu'il était ensorcelé, qu'il possédait des pouvoirs magiques...

— C'est absurde, protesta la mère. Notre Petit Jake n'a pas changé. Il a toujours été ainsi.

— S'il rit, ajouta M. Hanson, je suppose que c'est parce qu'il est heureux. »

Le directeur, qui avait fait ses études à l'Université et n'employait jamais qu'un langage extrêmement châtié, s'agita sur son siège.

« Je crains que la gravité du problème ne vous échappe. J'ai des dizaines d'élèves sous ma responsabilité, et je ne peux pas laisser une pomme pourrie gâter tout le panier. Il vous faudra faire donner des leçons particulières à votre fils, car je n'en veux plus dans mon établissement.

— Mais ce n'est tout de même pas la

faute de mon fils s'il est normal alors que tous les autres, frappés de je ne sais quelle maladie, ne sont plus capables de rire ! » protesta M. Hanson.

Le directeur se leva d'un bond et s'arrêta près de la fenêtre pleine de buée. D'un ton dégagé, il observa :

« Voyez comme la neige a tout recouvert : les arbres, les champs... On ne voit même plus les maisons. De mémoire d'homme, nous n'avons jamais eu un hiver aussi rigoureux.

— Vous n'allez tout le même pas prétendre que Jake est responsable ! s'exclama M. Hanson. Nous sommes tous devenus si tristes et si ennuyeux, à force de ne plus rire, que le soleil s'est fatigué de nous. Nous avons perdu toute gaieté et toute vitalité.

— C'est la faute de Jake, j'en suis sûr. Vous savez bien que les sorcières sont tout à fait capables de débrancher le soleil pour que le temps se détraque. Et votre fils les a mises en colère ! »

La mère de Jake était indignée.

« Mon petit garçon est le seul à rire

dans ce village. Vous devriez l'en remercier, et même lui donner une médaille au lieu de l'accuser. Ce sont les faces d'enterrement comme la vôtre, ennuyeuses et sinistres, qui posent problème, et non mon Petit Jake. »

Le directeur tourna les talons, tremblant et pâle, comme s'il ne pouvait demeurer une minute de plus dans cette maison.

« Tout ce que veulent les sorcières, cria-t-il, c'est dormir tranquillement sur leur rocher, sans qu'on les dérange !

— Qu'est-ce que vous en savez ? demanda M. Hanson. Vous n'avez jamais rencontré de sorcière.

— Eh bien si, justement ! Et votre fils les importune. Il est le dernier à rire à Trollhaven. Si vous laissiez les sorcières lui prendre son rire, nous pourrions enfin vivre en paix. Votre égoïsme menace la communauté tout entière ! »

En entendant ces mots, la mère de Jake fondit en larmes. Elle ne s'aperçut pas que son fils sortait par la porte de derrière, sans manteau, sans gants, et se glissait dans le jardin.

Malgré le froid, malgré la peur, Jake savait exactement où aller. Il courait vers son ami Sprinkelschnoudel.

Le vieux troll ne s'était jamais départi de son air bougon, sans doute à cause du mur abîmé, mais en ce moment le petit garçon n'avait personne d'autre vers qui se tourner.

4

Le vieux troll...

... ouvrit la porte de son logis, entre les racines du vieux sapin, et déclara à Jake :

« Tu arrives vraiment au mauvais moment. Il ne me reste plus un sachet de thé et je n'ai qu'un *crumpet* dans mon assiette. Non, non, vraiment ce n'est pas possible. Tu ne peux pas sonner chez moi à l'improviste et à n'importe quelle heure, il faut prendre rendez-vous. En outre, cela me met très mal à l'aise. Je t'en prie, reviens une autre fois.

— Je n'ai pas envie de manger tes *crumpets.* Tiens, je t'ai même apporté un pain aux raisins », répondit Jake en lui tendant le gâteau qu'il avait chapardé au petit déjeuner.

Aussitôt, Sprinkelschnoudel s'effaça pour le laisser entrer.

« Cela change tout, mon ami. Mais que vas-tu boire ?

— Je pourrais utiliser ton sachet de thé.

— Utiliser un sachet *déjà utilisé* ? Mais c'est impossible !

— Alors je me passerai de thé.

— Mais non. C'est l'heure du thé, il faut donc boire du thé.

— Sprinkelschnoudel, vas-tu m'écouter à la fin ? cria le petit garçon.

— Certes, certes, mais ne hurle pas comme ça... »

Le troll s'assit et versa à son ami une demi-tasse de thé.

« Le directeur de l'école est venu voir mes parents. Il leur a dit que les sorcières avaient volé tous les rires du village, et qu'il ne reste que le mien. Mais si je ris encore une fois, je mettrai tout le monde en danger.

— Seigneur Dieu ! »

Le troll, tout perplexe, oublia de se servir de sa cuiller et plongea un doigt dans le pot de confiture.

« C'est drôlement injuste, reconnut-il, mais il faut reconnaître que les sorcières ont des pouvoirs terribles. »

Sur ces mots, il se leva, alla prendre un livre ancien dans sa bibliothèque et, soufflant sur la tranche pour faire voler la poussière, il entreprit de lire à haute voix :

« Les sorcières peuvent traverser d'un seul vol les océans les plus vastes. Elles peuvent vous transformer en crapaud ou en âne. Il y a très peu de chose qu'une sorcière ne puisse accomplir si elle le décide. »

Reposant le gros livre, le troll poursuivit :

« Tu vois, Jake, il convient de se méfier. Les sorcières sont des individus à éviter autant que possible.

— Qu'est-ce que je devrais faire, à ton avis ?

— Il me semble bien que le problème vient de toi.

— Mais je n'ai rien fait !

— Pourrais-tu me passer le pot de confiture de fraises ? Celui qui n'est pas encore entamé... »

Jake se leva pour aller chercher la confiture. Mais comme il n'avait pas l'habitude de se déplacer dans un espace si petit, il fit un faux mouvement et, de la pointe du coude, creusa un trou dans le plafond, juste au-dessus de la table.

« Maladroit ! Qu'as-tu encore démoli ? s'exclama le troll furibond. Tu es vraiment impossible ! »

Jake, qui tentait en vain de retenir une énorme envie de rire, répondit :

« Je suis désolé... je n'avais pas vu...

— Tu n'as qu'à ouvrir les yeux ! »

Le rire de Petit Jake, à peine sorti de sa bouche, glissa joyeusement par le trou du toit, s'en alla danser dans le jar-

din, fit des galipettes dans les rues du village et, voletant comme un papillon, se posa çà et là, au hasard.

Balayé par le vent de la mer, il dériva au-dessus des vagues, diminuant d'intensité à chaque kilomètre sans rien perdre de sa chaleur ni de son charme juvénile. Enfin il arriva à Rochenoire.

Tout au fond de la Salle du Silence, enfermés dans leur malle, les rires entendirent leur camarade et s'éveillèrent brusquement. Ils se mirent à pépier comme des oiseaux en cage au contact d'un oiseau sauvage.

C'était le rire d'Olivier Dinkelshpiel qui résonnait le plus fort, car le jeune berger était naguère le meilleur ami de Jake. Or Olivier possédait le rire le plus stupide du village.

Les autres enfants s'en amusaient volontiers, disant qu'un jour il avalerait sa langue, mais en attendant, le rire d'Olivier dominait tous les autres de son éclat hardi.

« Révoltons-nous, criait-il pour exhorter ses tristes compagnons à l'action.

Si nous nous révoltons tous en même temps, nous pourrons faire déguerpir les sorcières à l'autre bout de la terre ! »

Et, s'adressant au rire de Jake, il s'écria :

« Ouvre-nous, nous voulons sortir !

— Mais je n'ai ni bras ni jambes, répondit le rire de Jake. Je suis venu tout seul, sans Jake : il m'a exhalé et j'ai volé jusqu'à vous sur la mer.

— Tu es donc libre ! »

Les rires captifs, devant ce constat, se remirent à grogner, à souffrir et à pleurer de plus belle. Mais le rire courageux d'Olivier Dinkelshpiel retentit à nouveau.

« Allons, mauviettes, allons, poltrons ! Vous n'allez tout de même pas vous laisser mourir dans cette malle, comme le veulent cette affreuse sorcière et ses filles. Pensez à Trollhaven, au devoir qui vous attend ! Pensez aux enfants !

— Non, nous n'avons pas le courage », répondirent les autres.

Le rire de Dinkelshpiel fut bientôt

noyé dans la masse des gémissements, puis dans le silence.

Druzilla, qui écoutait à la porte depuis le début de cette scène, vit rouge. Elle décida de ne plus perdre une minute.

Equipée de son trône de serpents vivants, de ses crapauds et de ses chauves-souris, tous en état d'alerte maximale, elle grimpa dans son mortier et embarqua ses filles en les tirant par les cheveux.

Elle avait juré de venir à bout du dernier rire.

Druzilla dirigea donc son embarcation sur l'océan, flottant juste au-dessus de la crête des vagues pour ne pas se mouiller.

Au même moment, dans la maison des Hanson, le grand-père Lars levait son verre et réclamait le silence. A table, tout le monde cessa aussitôt de manger.

Et Lars déclara :

« Cette année nous a été favorable. Au nom de toute la famille, je rends grâces à Dieu de nous avoir accordé la santé. »

Lars ne pouvait pas savoir qu'à cet instant même, Druzilla atterrissait à Trollhaven.

Elle s'était rendue invisible, avec ses filles et son mortier, mais le directeur de l'école sentit une rafale de vent pénétrer dans sa cheminée. Ses fenêtres s'ouvrirent brusquement.

Pour achever de le terrifier, Druzilla lui apparut dans toute son horreur, avec les animaux qui sifflaient, coassaient, grinçaient et se tortillaient sur ses vêtements. Le directeur tomba à genoux et implora sa clémence.

« Il y a un enfant qui rit dans ce village, gronda Druzilla.

— Oui, oui, madame, répondit le directeur. C'est Jake Hanson. »

Et, voulant se débarrasser au plus vite de cette sorcière dont l'haleine puait l'ail, il dessina un plan pour qu'elle puisse trouver sans risque d'erreur la maison des Hanson. Celle-ci était en

effet située un peu en dehors du village, à la lisière de la forêt, non loin d'un ruisseau.

Cependant Lars Hanson, qui aimait faire des discours, parlait toujours.

« Nous avons tant de raisons de rendre grâces. Puissions-nous continuer à nous aimer et demeurer ensemble pendant de nombreuses années. »

A cet instant, les fenêtres du salon s'ouvrirent brusquement, à la grande stupéfaction de la famille Hanson. On ne voyait personne, mais on entendait comme un cliquetis de métal. Dans la chambre de Jake, une porte claqua.

Planant au-dessus de la maison, Druzilla envoyait des giclées de flammes à travers le jardin.

Elle carbonisa la balançoire de Jake et sa petite cabane construite dans un arbre. Quiconque ne la connaissait pas aurait pu croire qu'il s'agissait d'un violent orage électrique.

Mais bientôt, fatiguée de chercher en vain, Druzilla laissa dans le jardin son fidèle serviteur Louis le Serpent et sa vieille chauve-souris Matilda, avec mission de l'avertir si le petit garçon revenait.

Puis elle chargea ses filles de continuer le tohu-bohu chez les Hanson et, grimpant dans son mortier, elle retourna à l'école pour vérifier si le directeur ne lui avait pas menti. Elle comptait bien, à force de l'effrayer, le contraindre à dire tout ce qu'il savait.

Pendant ce temps, Jake était dans la cuisine de son ami le troll. Mais Sprinkelschnoudel, lui, était sorti sur la pelouse devant sa maison pour examiner ses murs peu robustes et voir s'ils tiendraient encore tout l'hiver.

Et il avait été témoin de toute la scène...

Affolé, il se précipita dans sa maison et ferma la porte à triple tour.

« Qu'est-ce qui se passe ? s'enquit Jake.

— Rien, rien », répondit le troll en tirant les volets à la hâte.

Les pensées se bousculaient dans son esprit.

« Veux-tu dormir ici ce soir, Jake ? proposa-t-il.

— Oh oui ! J'aimerais beaucoup. »

Le petit garçon, ravi de l'invitation, ne pensait même plus à ses parents. C'était la première fois que Sprinkelschnoudel se montrait aussi hospitalier. Mais les coups sourds et les caquetages assourdissants qui ébranlaient le ciel l'inquiétaient.

« Qu'est-ce que c'est que ce bruit ?

— Ce n'est rien, rien du tout. Surtout n'ouvre pas les fenêtres », répondit le troll.

Il venait d'obturer le tuyau de la cheminée et s'apprêtait à boucher le trou d'aération des toilettes. Lorsqu'il eut terminé, il souffla les bougies qui éclairaient la maison, et les deux amis se retrouvèrent dans le noir.

« Je crois qu'il nous faut partir en voyage, mon ami, murmura Sprinkelschnoudel.

— Chic alors ! Où va-t-on ?

— Chercher de l'aide. Mais d'abord il nous faut sortir d'ici, car ces sorcières ont des sonars dans les oreilles. Si tu ris ne serait-ce qu'une fois, elles nous retrouveront.

— Je n'ai pas envie de rire », répondit Jake en poussant une lucarne.

Mais le troll, plus rapide que lui, l'avait déjà refermée. Il le conduisit dans sa propre chambre à coucher, où régnait un silence absolu.

« Tu dormiras ici », dit-il en soulevant le couvre-lit d'écorce.

Jake se glissa dans le lit douillet comme un nid, et le troll murmura :

« Brave petit garçon... »

Puis il emporta son bonnet de nuit et sa chemise en mousse verte, ainsi que ses pantoufles de feuilles et de brindilles tressées.

Il y avait bien dix décennies que Sprinkelschnoudel ne s'était pas occupé d'un enfant, et il n'était pas tout à fait sûr d'être à la hauteur de sa tâche.

Lorsque le silence fut revenu sur la forêt, le troll ouvrit la porte de derrière, traversa sur la pointe des pieds la garenne de son voisin le lapin, remonta par le trou de son voisin M. Taupe et observa le ciel.

Il n'y avait plus trace de sorcières.

Mais au loin, vers l'est, porté par le vent de la mer, le troll crut entendre comme l'écho affaibli d'un caquet. Dans cette direction, l'air traînait un relief de fumée noire et malodorante.

« Nom d'un petit bonhomme, murmura-t-il entre ses dents. Nous n'avons pas de temps à perdre, mon vieux troll... »

5

Pas de temps à perdre !

Sprinkelschnoudel parlait tout haut.

« Il faut nous rendre devant la Cour de Justice avant que ces sorcières ne volent le dernier rire. »

A chaque fois que le vieux troll devait partir en voyage, il devenait inquiet et irritable. Il n'avait pas quitté la région depuis son adolescence et il craignait qu'en l'espace de cent soixante ans, les chemins et les signes de piste n'aient changé.

S'ils allaient se perdre ?

« Il faut partir tout de suite, déclara-t-il à voix haute. Assez lanterné. »

Il lui semblait que les sorcières allaient revenir d'une minute à l'autre, plus méchantes que jamais, et cela le rendait si nerveux qu'il ne parvenait plus à se concentrer. Il sursautait au moindre bruit.

Dans sa valise, Sprinkelschnoudel rangea son chapeau en champignon, une chemise en écorce de bouleau, un bermuda d'herbe tressée, plusieurs paires de sabots en bois. Puis il se rendit compte que ses bagages seraient trop lourds et trop encombrants.

Alors, après avoir hésité et tergiversé longuement, il se borna à emporter un compas, une chandelle, un canif, de la corde et des allumettes. Puis il enfila un manteau bien chaud, des protège-oreilles et des moufles.

Malgré ses cent soixante-dix-neuf ans, et bien qu'il fût à peu près de la même taille que Jake, il n'eut aucune peine à le soulever dans ses bras : les trolls sont très forts. Il installa donc le petit garçon, qui dormait profondément, dans son havresac fait de branches de pin et de bouleau.

Au moment de partir, une tristesse soudaine envahit Sprinkelschnoudel. Il dit au revoir à sa théière, à sa bouilloire et à ses tasses.

Puis il dit au revoir à ses murs, à ses plantes et à ses fenêtres.

Puis il dit au revoir à ses robustes petits meubles : le fauteuil à bascule, la table, le lit, qui l'avaient si bien servi, avec tant de loyauté, depuis des années.

Lorsqu'il eut terminé, le troll n'avait plus aucune envie de partir. Bien au contraire. Si le printemps revenait un jour, avec la fonte des neiges, le ruissellement de l'eau risquait de creuser un peu plus la terre sous les racines du pin, et sans doute les jolies pièces à l'avant de sa maison disparaîtraient-elles.

Sprinkelschnoudel adorait sa maison : l'idée de devoir déménager lui brisait le cœur.

Mais un sifflement insistant le tira de sa rêverie. Louis le Serpent, soupçonneux et zélé, s'insinuait sans bruit parmi les herbes du jardin, pendant que Matilda la Chauve-souris voletait au-dessus de Trollhaven en appelant :

« Où es-tu, mon petit ? Jake, Petit Jake, mon ami, viens par ici... »

Sprinkelschnoudel s'empressa de vérifier que Jake était toujours à l'abri dans son havresac. Le petit garçon dormait à poings fermés, et il était si paisible, si joli à voir, que s'il eût été fait de chocolat et non de chair et d'os, on l'aurait volontiers mangé.

Sans faire de bruit, le troll ouvrit la porte qui donnait sur la garenne voisine. Il recouvrit l'entrée de sa maison avec des herbes et des branchages, pour que les renards du voisinage ne viennent pas s'installer chez lui, dormir dans son lit ni manger ses confitures.

Puis, portant Jake sur son dos, il déguerpit à toute vitesse. De la garenne, il passa dans un terrier de renard inhabité, puis dans une large galerie de taupe.

Le troll s'orientait grâce à son compas. Des années plus tôt, dans sa jeunesse, il connaissait la formule magique pour rapetisser et se promener à l'aise dans tous les terriers, mais il n'avait pas le temps de la rechercher dans sa mémoire.

Malgré l'obscurité, il essayait donc de choisir les galeries les plus grandes, mais il lui arrivait parfois de se cogner la tête contre celle de Jake qui dépassait du sac, ou de trébucher. Enfin, après un long chemin sous terre, il estima qu'il n'y avait plus de danger à remonter à l'air libre.

D'un pas rapide, Sprinkelschnoudel s'engagea dans la grande forêt de pins. Les lanières du havresac lui mordaient les épaules. Il se sentait comme un cheval sellé qui transporte un cavalier, et comprenait enfin pourquoi les chevaux font tellement attention à ne pas glisser ni trébucher.

Peu à peu, sa course sautillante se

transforma en une démarche lente et lourde. A un moment, il crut entendre soupirer un ours énorme dans son dos et, pris de frayeur, il obliqua dans une autre direction.

Mais le soupir se répéta, et Sprinkelschnoudel comprit que c'était Jake qui rêvait dans son havresac. Sa tête endormie roulait agréablement contre le cou du troll au rythme de la marche.

Une fois ou deux, des branches d'arbres surgirent devant lui pour lui saisir le bras ou la jambe, mais Sprinkelschnoudel connaissait les mœurs guerrières de la forêt, et il se bornait à repousser les branches, les laissant se battre entre elles, derrière son dos.

Lorsque l'heure du petit déjeuner eut sonné, Sprinkelschnoudel fit une halte, posa son sac à dos et allongea Petit Jake sur un lit de mousse. Du bout du bâton noueux qui lui servait de canne, il fouilla l'intérieur d'un arbre creux et en sortit de la gelée de myrtilles, de la confiture de framboises et des gâteaux à la fraise.

Jake, qui s'était enfin réveillé, fut ébloui à la vue de toutes ces bonnes choses.

« C'est toi qui avais caché ces provisions ? demanda-t-il.

— Oh non, répondit Sprinkelschnoudel. Il s'agit d'une tradition très ancienne, instaurée par nos ancêtres. Ces garde-manger cachés dans les troncs d'arbres sont destinés aux cas d'urgence. Tout troll est tenu, sur l'honneur, de remplacer ce qu'il a utilisé. »

Sur ces mots, il offrit à Jake un mélange de sa composition : baies sauvages et noisettes. Le petit garçon n'avait jamais rien goûté de si bon. La bouche toute barbouillée de confitures, il demanda :

« Où allons-nous ?

— A Trolleville, capitale des trolls de la Contrée du Nord.

— Oh, comme cela me fait plaisir ! s'exclama Jake en sautant sur ses pieds. Raconte-moi, comment est-ce ?

— Poussiéreux, surpeuplé et triste, marmonna le troll.

— Ah bon !... Mais pourquoi nous y rendons-nous, alors ?

— Parce que les sorcières se sont mises à ta recherche. Tu es le dernier enfant rieur dans tout Trollhaven, et elles veulent te voler ton rire. Mais ne crains rien : nous autres, les trolls, nous sommes bien organisés.

— Comment est-ce que les sorcières feraient pour me voler mon rire ? » demanda Jake.

Sprinkelschnoudel se troubla soudain et évita de répondre.

« Bon, je vais faire une petite sieste et puis nous reprendrons la route, d'accord ? »

Un peu plus tard, ils se remirent en route à travers la forêt. Jake marchait, ou plutôt courait derrière son ami pour ne pas se laisser distancer. Il s'amusait comme un fou et espérait dans son for intérieur que le voyage durerait longtemps.

A un détour du chemin, ils rencontrèrent un animal que Sprinkelschnoudel désigna sous le nom de « hégilaf » et qui s'avançait sans bruit parmi les buissons, un doigt posé sur les lèvres.

Son long cou de girafe le rendit immédiatement sympathique à Jake. Il mesurait environ deux mètres quarante de haut et marchait debout sur ses deux jambes. Ses pieds ressemblaient exactement à ses mains délicates. Dans son dos se déployaient deux ailes arachnéennes qui pouvaient, à l'occasion, lui servir de nageoires.

Le hégilaf les salua en s'inclinant légèrement et en clignant des yeux. Ses longs cils caressèrent doucement la joue de Jake, qui s'émerveilla.

« Pourquoi n'avais-je jamais rencontré de hégilaf avant ce jour ?

— C'est qu'ils sont bien trop doux et trop beaux, murmura le troll. Ce sont des magiciens au faible pouvoir magique, et les sorcières les chassent sans merci. Les hégilafs, vois-tu, ne s'inquiètent jamais de rien : ils ne connaissent ni la tristesse, ni la déprime. Mais ils sont timides, et pour se défendre ils n'ont qu'un braiment suraigu, comparable à celui des ânes.

— Alors leur race est en voie d'extinction ?

— Oui, ils sont très rares. »

Le hégilaf leur désigna du doigt, à travers les arbustes, une clairière où trois jeunes créatures très laides s'affairaient autour d'un panier de pique-nique. Elles avaient posé sur l'herbe une nappe tachée et des assiettes sales.

« Ce sont les filles de la sorcière, murmura Sprinkelschnoudel. Elles s'appellent Exécrable, Rance et Pleurnicharde, et sont très dangereuses. Attention, Jake, cache-toi ! »

Le petit garçon débordait de curiosité : c'était la première fois qu'il apercevait des sorcières, et elles ressemblaient à de grosses campagnardes rustaudes.

Exécrable portait un vieux peignoir maculé d'auréoles de sueur et de taches de soupe, et son visage couvert de boutons lui donnait l'apparence d'une pizza à la tomate.

Rance était suivie d'un essaim de mouches. Grasse et dodue, elle passait son temps à se goinfrer de fourmis et de sauterelles.

Quant à Pleurnicharde, son nez tordu regardait vers l'est, puis vers l'ouest, avant de piquer droit vers le sud. Elle passait son temps à gémir et à larmoyer, et ses oreilles s'évasaient comme deux cors anglais, mais malgré tout Jake la trouva plus jolie que ses sœurs.

Ou plutôt, moins horrible.

« A quoi vois-tu que ce sont des sorcières ? demanda-t-il au vieux troll.

— Les vieilles sorcières prennent toujours la précaution de se rendre invisibles, mais celles-ci sont jeunes et inexpérimentées. Regarde, elles sont encore en train d'apprendre à voler. »

En effet, des chauves-souris domestiques leur donnaient un cours de vol. Exécrable, qui volait trop vite, tomba de son balai. Celui de Rance pétaradait et toussait, elle avait le plus grand mal à rester en selle.

Quant à Pleurnicharde, elle volait la tête en bas. A mi-hauteur, son balai cala et la pauvre créature s'étala sur le sol en hurlant de douleur.

Le troll dut appliquer sa main sur la bouche de Jake pour l'empêcher de rire.

Dégoûtées par cette expérience, les deux plus jeunes sœurs entreprirent de ramasser des escargots, cependant que l'aînée hachait ensemble de l'ail et des oignons et mélangeait cette mixture avec du beurre.

Elles n'avaient pas ramassé de bois pour le feu, mais il suffit qu'Exécrable crache dans une marmite noire pour que son crachat se mette à grésiller comme une flamme.

Jake entendit un remue-ménage infime : c'étaient tous les escargots de la forêt qui se recroquevillaient dans leur coquille, fermaient la porte à clé et attendaient en tremblant.

« Allons, leur cria Rance, ne faites pas les timides. Venez manger avec nous.

— Nous n'avons pas faim, répondirent les escargots. Nous sommes malades. »

Rance fit grincer ses dents et se mit à ricaner.

« Ce festin vous guérira, mes petits amis, croyez-moi. »

Et Pleurnicharde, à chaque fois qu'elle ramassait un escargot, lui demandait :

« As-tu entendu quelqu'un rire dans la région ? »

Il se trouva un jeune escargot effronté pour lui répondre :

« Mon Dieu, non !

— Tu en es bien sûr ? Il nous est venu aux oreilles un avorton de rire, porté par le vent, et après avoir cherché partout, il nous a semblé qu'il venait de Trollhaven.

— Mais nous sommes bien trop timides pour rire, protestèrent les escargots effrayés. Nous n'oserions pas déranger Vos Seigneuries. Et puis nous n'avons aucun sens de l'humour, nous sommes sinistres. Nous ne savons que manger l'herbe devant nous et nous déplacer pour en trouver de la fraîche.

— Voyez-vous ça, comme c'est mignon !... »

Jake, horrifié et impuissant, dut assister à un spectacle affreux : les sorcières extirpaient les escargots de leur coquille avec des cure-dents, les plongeaient dans la sauce à l'ail et les mangeaient.

Il ne put se contenir.

« Arrêtez ! » cria-t-il.

Aussitôt Sprinkelschnoudel le saisit et le tira en arrière, dans les buissons.

Alertées par le bruit, les trois sorcières adolescentes se rendirent invisibles. Il ne restait d'elles qu'une odeur nauséabonde, mais sans les voir, on pouvait les suivre au bruit.

Elles voletaient dans les pins, tombaient, insultaient la forêt et juraient d'y mettre le feu si quiconque se moquait d'elles.

Jake décida que ces sorcières n'étaient pas du tout rigolotes et qu'à l'avenir, il écouterait les avertissements de Sprinkelschnoudel.

Les deux amis remercièrent le hégilaf pour son aide, et l'animal magique rougit de la tête aux pieds. Pour cacher ses ailes, son long cou et ses cils interminables, il enfila un long imperméable, un chapeau et des lunettes noires. Il ressemblait ainsi à un célèbre joueur de basket-ball qui voyage incognito.

En s'en allant, Jake et le troll sentirent une rafale de vent : c'était une des sorcières qui faisait du rase-mottes au-dessus de la forêt, mais elle disparut aussitôt. Sprinkelschnoudel rassura son ami.

« Ne t'inquiète pas. La Cour de Justice t'accordera une protection de premier ordre. »

6

La Cour de Justice

Vers le matin, comme Jake suivait de son mieux le vieux troll, enjambant les flaques et sautant par-dessus les amas de neige durcie, il aperçut, droit devant lui, des milliers de petites lumières.

Son excitation ne connut plus de limites lorsque, au bout de quelques mètres, il distingua les minuscules maisons de mousse et de terre que séparaient des rues en miniature. La ville était en tous points semblable aux grandes cités des adultes, mais, construite par des trolls, elle respectait leurs proportions.

Sprinkelschnoudel demanda son chemin, et les deux amis se trouvèrent bientôt dans la salle d'attente de la Cour de Justice. Le vieux troll s'adressa à une dame, perchée derrière son bureau, qui ressemblait à un perroquet.

« Excusez-moi, madame. La sorcière du Nord, Druzilla Ragedenfer, a volé tous les rires de Trollhaven, sauf celui de ce petit garçon que vous voyez. En tant que dernier rieur de son village, Jake a mérité ma protection.

« Mais moi, Sprinkel de la lignée des Schnoudel, vingt-cinquième du nom, je ne suis qu'un vieux célibataire à la retraite. Ma jeunesse s'achève : j'entre dans ma cent soixante-dix neuvième année, et je ne me sens pas du tout à la hauteur de cette tâche. Je n'ai ni la patience, ni l'énergie, ni la force de protéger Petit Jake.

« Je suis donc venu m'en remettre à la bienveillance de cette Cour. Ma requête, si Leurs Excellences veulent bien la considérer, est qu'on désigne un troll plus qualifié que moi pour reprendre le flambeau et me délivrer de cette responsabilité. »

La dame perroquet, qui avait à peine écouté, répondit :

« Prenez un numéro. »

Et elle appuya sur un bouton.

Aussitôt un hibou s'envola vers les combles et ulula à la face d'une souris blanche ; la souris blanche se mit à courir dans un cylindre, dont le bruit réveilla un chien, qui aboya à la face d'un âne. Et l'âne s'en alla changer le nombre inscrit sur un grand tableau pendu au mur.

On lisait maintenant : 86.

Ayant accompli leur tâche, ces loyaux serviteurs de l'ordre public, âne, chien, souris blanche et hibou, se rendormirent.

« Mais nous avons le numéro 299 ! s'écria Jake avec un accent de désespoir. Nous n'y arriverons jamais... »

Cependant, comme tous les autres requérants, ils s'installèrent dans la salle d'attente. A chaque fois qu'on appelait un nouveau numéro, quelqu'un se levait et allait donner son nom à la dame perroquet, qui l'inscrivait scrupuleusement sur une liste d'attente.

Jake, qui était un petit garçon bien élevé, n'osait rien dire au troll, mais il lui semblait évident que rien de bon ne sortirait de là.

Soudain la dame perroquet appela dix numéros d'un coup :

« 87, 88, 89, 90... »

Un homme, qui possédait le numéro 36 et venait de se réveiller, comprenant que son tour était passé, se rua devant tout le monde en protestant. Il en résulta une longue et amère querelle.

Simultanément, un autre fonctionnaire appelait les numéros de la liste d'attente. Quelques-uns des requérants attendaient depuis des jours et des jours, et il y avait donc de nombreux absents : les uns dormaient, les autres étaient aux toilettes, ou partis s'acheter un sandwich, d'autres encore étaient rentrés dans leur village.

Quelques-uns étaient décédés, avaient eu un enfant, s'étaient mariés, ou avaient tout simplement décidé que leur affaire n'était pas si grave et qu'ils se passeraient de l'aide d'urgence de la Cour.

Entre les querelles de préséance, les gémissements des requérants avides de justice, et l'agitation périodique des animaux pour changer les numéros au tableau, la salle d'attente de la Cour de Justice était dans une pagaille inexprimable.

Sprinkelschnoudel comprenait enfin pourquoi on ne venait demander l'aide du Tribunal qu'en dernière extrémité : sans doute les juges entretenaient-ils le désordre pour dissuader les requérants de s'adresser à eux.

Pour faire passer le temps, le vieux troll se tourna vers son voisin, qui portait un bleu de travail, et lui demanda :

« Qu'est-ce qui vous amène ?

— Je m'appelle Larson et je suis pêcheur à Mollesund, répondit-il. Je voudrais engager de jeunes trolls pour m'aider, car il est difficile de survivre, de nos jours, quand on est pêcheur. »

Sprinkelschnoudel baissa la voix.

« Et... êtes-vous déjà allé à Rochenoire, là où vivent les sorcières ?

— Oui. Je suis le seul pêcheur à en être revenu. »

Tout en parlant, Larson fixait sa main droite, rude et calleuse.

« Rochenoire se trouve à 250 milles nautiques à l'est de Trollhaven, poursuivit-il. C'est une grande falaise noire qui surgit de l'océan, entourée de récifs traîtres. Bien des vaisseaux s'y sont échoués, car les sorcières changent la disposition des récifs tous les six mois, et en ajoutent même de nouveaux. Les naufragés leur servent de nourriture fraîche... Voyez ! »

Il leva devant eux son bras gauche, terminé par un moignon.

« Ce n'est ni un requin, ni un être humain, ni aucune créature de Dieu qui a dévoré ma main gauche !

— C'est affreux, murmura Jake en tremblant. Pauvre monsieur Larson, j'espère que vos amis, à Mollesund, sont gentils avec vous.

— La dernière fois que je suis allé jeter mes filets près de Rochenoire, poursuivit le pêcheur, il a fait nuit toute la journée. Mon bateau craquait et claquait comme un feu de bois. Les poissons que j'ai remontés avaient des entailles sanglantes dans le dos. Certains étaient complètement carbonisés.

— Et qu'est-il advenu des autres bateaux de pêche, ceux qui n'ont pas pu rentrer de Rochenoire ? » demanda Jake.

Larson secoua la tête.

« On ne les a jamais revus.

— Mais pourquoi est-ce que personne ne fait rien contre cela ? Les trolls ne pourraient-ils pas s'en occuper ?

— Le problème, intervint Sprinkelschnoudel, c'est que nous tenons en ce moment notre Convention. Tous les dirigeants sont occupés. Ces maudites sorcières le savent et elles en profitent. »

Puis il se tourna vers Larson et lui demanda en souriant :

« Cher monsieur, accepteriez-vous de nous conduire à Rochenoire ?

— Certainement pas, à moins d'emmener avec nous une armée de hégilafs. Et encore : il faudrait que ce soit une armée immense. »

Tard dans la soirée, on appela enfin le numéro 299 sur la liste d'attente. Sprinkelschnoudel s'avança dans la salle d'audience, ôta son chapeau et se mit à le tortiller entre ses mains. Enfin il répéta mot pour mot aux trois juges ce qu'il avait déjà dit à la dame perroquet le matin même.

Derrière la longue table de chêne, les juges inclinèrent la tête et tinrent un conciliabule. Ils étaient assis dans de profonds fauteuils de cuir à roulettes qui leur permettaient de tourner et de se déplacer à volonté.

A tournicoter et s'agiter de la sorte, ils ressemblaient à des canards mécaniques barbotant sur une pièce d'eau.

Au bout de dix minutes, ayant délibéré, le président du Tribunal releva la tête. Seuls son nez, ses yeux et une touffe de cheveux gris dépassaient de la table.

Il déclara :

« En tant que troll, vous ne pouvez en aucun cas vous considérer comme délivré de vos obligations. Même à la retraite, votre loyauté et votre instinct du Bien doivent vous amener à servir les petits garçons et les petites filles en difficulté.

— Par ailleurs, ajouta le second juge en montrant le bout de son nez, nous n'avons personne d'autre à qui confier ce cas.

— Mais ce qui est plus important, poursuivit le président, c'est qu'une fois l'engagement pris, même de manière involontaire, nous verrions d'un très mauvais œil que vous délaissiez cet enfant. Vous avez tissé avec lui des liens d'amitié uniques, et jamais un nouveau troll ne saurait vous remplacer auprès de lui.

— Mais je serais tout disposé à effectuer une transition en douceur, répondit Sprinkelschnoudel. Je pourrais peut-être offrir à mon neveu Twickenham de se porter volontaire ?

— Vous êtes désormais attaché à cet enfant, j'en ai peur, conclut le troisième juge. AU SUIVANT !

— Mais... Les rires de Trollhaven, qui va les ramener ?

— Allez voir aux objets trouvés. AU SUIVANT ! »

Sprinkelschnoudel perdit patience. Il s'écria :

« Ces rires ne sont pas perdus, vous le savez aussi bien que moi. Ce sont les sorcières qui les ont volés ! »

Jake le tira nerveusement par le bras, mais le vieux troll tenait bon.

« Voyez avec le Département de Défense contre la Sorcellerie. AU SUIVANT !

— Et où se trouve-t-il, s'il vous plaît ?

— S'agissant d'un domaine aussi délicat, le lieu de ce Département doit être tenu secret. Aussi vous faudra-t-il déposer une demande par écrit, en trois exemplaires. AU SUIV...

— Arrêtez de crier “au suivant” ! s’exclama Sprinkelschnoudel en s’avançant vers les juges, les poings serrés. Vous allez m’écouter jusqu’à ce que j’aie terminé ! »

Mais, avant que le vieux troll ait eu le temps d’enseigner les bonnes manières aux magistrats, des huissiers se précipitèrent pour le saisir et le bouter hors du Tribunal.

« Quel outrage !... grommela-t-il dans sa barbe. J’en ai assez de cette bureaucratie. Je m’en vais porter cette affaire en haut lieu.

— En haut de quoi ? s’enquit Jake en levant le nez vers le ciel.

— Devant les autorités supérieures. Tu vas voir. »

Sprinkelschnoudel se mit en marche d’un pas si alerte que le petit garçon eut toutes les peines du monde à le rattraper.

« Hep, attends-moi, criait-il. Tu ne voudrais pas te calmer un peu ?

— Non, jamais ! écumait Sprinkelschnoudel. Jamais ! Je ne suis pas encore gâteux, et il ne sera pas dit que je me laisse insulter de la sorte sans réagir ! »

Et Jake, de toute la vitesse de ses jambes, dut suivre son ami jusqu'au Palais des trolls.

7

Le Palais des trolls

Dans le froid et le brouillard, traversant les plaques de neige des avenues boueuses, Jake et Sprinkelschnoudel se hâtaient.

Mais en passant devant les petites maisons des trolls aux fenêtres carrées, ils ralentissaient le pas et jetaient des regards affamés dans la cuisine ou la salle à manger.

Les trolls mettaient tant d'amour dans la préparation du dîner qu'il était presque impossible de s'arracher à la vue de toutes ces bonnes choses. Devant le spectacle des mamans trolls aux fourneaux, Jake se mit à penser à sa propre maison et à ses parents, ce qui le rendit bien triste.

Sprinkelschnoudel, lui aussi, avait le mal du pays, mais il n'en laissa rien paraître pour ne pas augmenter la tristesse de son ami. Ils continuèrent donc leur marche à travers la ville.

Le Palais des trolls, qui abritait la Convention Suprême, s'élevait au flanc d'une montagne. Il n'était pas fait de pierre et de bois, mais de champignons et de souches.

En s'approchant, les deux amis distinguèrent des dizaines de torches qui illuminaient la nuit. Sprinkelschnoudel recommanda à Jake de demeurer près de lui, car l'accès du Palais était interdit aux enfants. Le vieux troll ajouta que lui-même n'avait pas été invité, et que sa venue constituait une infraction à l'étiquette.

« Qu'est-ce que c'est, l'étiquette ? demanda Jake.

— C'est l'ensemble des choses que les adultes te permettent ou non de faire.

— Ce que c'est ennuyeux !...

— En effet. C'est la raison pour laquelle je n'ai jamais été invité au Conseil des trolls : je déteste m'habiller comme il faut.

— Je serai sage », promit Jake en jetant un coup d'œil sur ses ongles endeuillés.

Un groupe de trolls, parmi lesquels figuraient les doyens de l'Etat, était rassemblé autour d'un grand feu de joie. Nos amis s'en approchèrent.

La Convention Suprême des trolls se divisait en deux partis : les N. T. R. (« Ne Touchez à Rien ») et les C. T. (« Changez Tout »). Les « Changez Tout » voulaient que les trolls se coupent la barbe, brûlent leurs vêtements d'écorce et leurs chapeaux à clochette, et s'habillent de manière plus actuelle. Ils pensaient aussi que, puisque les enfants habitent désormais dans les immeubles des grandes villes, il était stupide que les trolls continuent à vivre dans des fermes et des jardins isolés.

Leur conviction majeure était que les trolls devaient s'adapter à leur époque, sous peine de devenir inutiles et superflus.

Face aux arguments de l'opposition, les « Ne Touchez à Rien », eux, répondaient invariablement :

« Nous en avons toujours usé de la sorte et nous n'entendons pas changer. Un point c'est tout. »

Non loin du lieu de débat où les députés s'affrontaient, nos deux amis rencontrèrent Twickenham, neveu de Sprinkelschnoudel. C'était un troll plein d'allant et de charme, et Jake s'en enticha sur l'heure.

Il ressemblait beaucoup à son oncle, mais avec une centaine d'années de moins. Un sourire continuel flottait sur son visage, et ses joues rubicondes étaient si joliment rebondies que Jake les aurait volontiers pincées.

« Bonté divine, s'exclama Twickenham, que de complications ! Je ne sais plus quoi penser : je suis arrivé à la Convention avec la ferme intention de voter C. T., mais les N. T. R. m'ont si bien effrayé que je commence à pencher de leur côté. Je ne sais plus qui croire ni quelle opinion adopter et je me trouve tout indécis.

« Des spécialistes sont venus exprès des Etats-Unis et du Japon pour nous décrire leurs mœurs et coutumes. Le monde des trolls n'est plus aussi simple qu'il l'était jadis : nous sommes tous interdépendants, et nous devons aussi tenir compte des trolls d'Asie ou d'Afrique. La plupart de mes amis ont les idées aussi embrouillées que moi. Certains prétendent même que ce sont les sorcières qui ont jeté la confusion parmi nous. »

Sprinkelschnoudel avait écouté le discours de son neveu d'un air renfrogné.

« Tu n'es qu'un âne, lui déclara-t-il. Tu perds ton temps en vaines spéculations alors que ce petit garçon est poursuivi par les sorcières. »

Twickenham caressa la tête de Jake avec affection, mais il ajouta aussitôt :

« Précisément, il nous faut décider jusqu'à quel point et dans quelle mesure nous pouvons apporter notre aide aux enfants. Au lieu de continuer à travailler au petit bonheur, il nous faut édicter des règles, et connaître les limites de nos devoirs. Les enfants grandissent si vite, de nos jours, que certains parmi nous se demandent même s'il est encore pertinent de leur apporter notre aide. »

Au même moment, un lapin noir, que les trolls désignaient sous le nom de Premier Ministre, se leva pour adresser un discours aux deux partis de la Convention. Il avait l'air tout effrayé, sa propre ombre le faisait tressaillir à chaque instant.

« Comme il est mignon ! murmura Jake à l'oreille de son ami. J'aimerais bien le rapporter chez moi. »

Le Premier Ministre s'éclaircit la gorge, ramena ses oreilles en arrière d'un geste grandiloquent et commença :

« Je n'ai guère l'habitude de prendre la parole en public, mais... je voudrais tout d'abord signaler qu'à mon sens, il ne pousse pas assez de carottes dans la Contrée du Nord.

— Lui, expliqua Sprinkelschnoudel, c'est l'homme du compromis.

— Qu'est-ce que ça signifie ?

— Qu'aucun des deux partis n'est satisfait de sa nomination.

— Et en plus, ce n'est même pas un troll ! Ils ont choisi un lapin...

— Précisément : c'est la condition qui a permis aux deux partis de ne rien trouver à redire sur ce candidat. »

Brusquement, le Premier Ministre descendit de sa tribune en disant :

« Mesdames et messieurs, excusez-moi. »

Puis, s'adressant à Jake :

« Voudriez-vous me gratter le dos, s'il vous plaît ? »

Le petit garçon s'exécuta.

« Oui, comme ça, c'est très bien, approuva le lapin noir. Les enfants ont toujours su apprécier mes véritables talents. »

Il avait l'air plus à l'aise, plus calme. Jake le grattouilla entre les deux oreilles en disant :

« Vous êtes bien joli, monsieur le Premier Ministre.

— Vraiment ?

— Oui ! Vous êtes tout doux, j'aimerais bien vous ramener chez moi. Voudriez-vous ?

— C'est que... Je n'ai guère le temps. »

Pour la centième fois, le Premier Ministre sursauta à la vue de son ombre : comme il ne cessait de bouger, celle-ci changeait sans cesse de taille et de forme.

« Cette ombre me poursuit sans trêve : quand elle n'est pas derrière moi, elle est devant. C'est insupportable !

— Mais c'est une ombre de grande qualité, intervint un représentant des N. T. R.

— Vraiment ? J'allais demander au

Chirurgien en Chef de me l'élaguer un peu pour la rendre plus calme. »

A ces mots, une vive agitation s'éleva dans les rangs des C. T.

« Vous ne devriez pas, dit Jake. Votre ombre est très bien comme elle est.

— Mais ce n'est pas vous qui vivez avec elle ! » s'écria le Premier Ministre.

Sur ce, il détala de l'autre côté de la pièce, espérant échapper à son ombre. Mais celle-ci le précédait toujours.

« Vous voyez, elle ne tient pas en place ! »

Le Premier Ministre, occupé à réprimander son ombre, autorisa Sprinkelschnoudel à monter à la tribune pour s'adresser à la Convention.

Le vieux troll ne s'embarrassa pas de remarques préliminaires ni de remerciements, comme c'était l'usage à la Convention Suprême. Il entra directement dans le vif du sujet.

« Chers frères et sœurs, il n'y a pas un instant à perdre. Des sorcières ont volé tous les rires de Trollhaven, et si

nous n'agissons pas immédiatement, les villageois seront condamnés à un désespoir irrémédiable. Plus jamais ils ne verront la vie du bon côté : les verres à moitié pleins leur sembleront à moitié vides, les plaisanteries les plus drôles leur paraîtront stupides, et ils s'ennuieront à mourir pendant les vacances. »

Un représentant des « Ne Touchez à Rien » se leva.

« Du calme, mon cher ami. Rien n'est jamais si grave, et pour tout dire, rien n'a vraiment d'importance.

— Moi qui descends comme vous de la lignée des Schnabel, intervint un second N. T. R., et suis comme vous nommé Sprinkel, je ne manque pas de m'étonner. Auriez-vous oublié la devise familiale : "Point trop de zèle" ?

— Je ne suis pas Schnabel mais Schnoudel », tenta de dire le vieux troll.

Mais les N. T. R. se disputaient à haute voix avec les C. T., criant :

« Voyez : les sorcières, elles, jouent

toujours les mêmes tours, avec les mêmes vieilles habitudes. Puisqu'elles n'ont pas changé, pourquoi changerions-nous ? »

Sprinkelschnoudel proposa qu'on mette la question aux voix, mais le Secrétaire Perpétuel, un troll tout vieux et tout usé dont la barbe s'ornait de toiles d'araignée, l'informa qu'on ne pouvait empiéter sur le temps, si précieux, réservé à la Convention Suprême, et que le destin d'un insignifiant petit garçon, ou même d'un village de rien du tout, relevait de la Cour de Justice.

Exaspéré, Sprinkelschnoudel bondit auprès du feu et se remit à expliquer le problème aux deux partis politiques, aux autorités de l'Etat et aux membres de la Convention.

« Mes amis et congénères, cependant que vous discutez, des événements terribles ont lieu ! Le rire ne vous paraît pas une chose si importante, car vous n'en êtes pas privés, mais imaginez seulement de passer un jour entier sans humour. Les muscles de votre visage se crisperaient, votre cœur se gèlerait, et de graves pensées se heurteraient sans cesse dans votre esprit sans que rien ne vienne les soulager. »

Les « Ne Touchez à Rien » déclarèrent que le plus simple était, pour apaiser les sorcières, de leur offrir le rire de Jake. Ainsi elles s'en iraient.

« Imbéciles ! s'écria Sprinkelschnoudel. Hier, elles ont ravi le rire de Trollhaven. Aujourd'hui, c'est à Jake qu'elles en veulent. Mais demain, ce sont vos propres rires qu'elles exigeront ! Si vous leur cédez, vous n'aurez plus jamais la paix. Etes-vous des trolls, oui ou non ? »

Dans les rangs des « Changez Tout », on entendit :

« Nous en avons assez de ces histoires de sorcières. C'est toujours la même chose, c'est démodé. Trouvez-nous donc d'autres dangers à affronter... »

Le Premier Ministre ne savait plus où donner de la tête. Tout tremblant, il discutait de cette affaire avec son cabinet de l'ombre, et finit par conclure qu'il valait mieux renvoyer la question en Conseil des Ministres.

Mais Sprinkelschnoudel ne voulait ni descendre de la tribune, ni laisser la parole à quiconque.

Il fallut que le Maître d'Armes des trolls monte le chercher, l'expulse et lui donne la chasse tout autour du feu de joie. Bientôt le malheureux Sprinkelschnoudel eut tous les gardes du Palais à ses trousses.

Jake se divertissait de voir ces faces de rats et de poissons en uniformes trébucher sur leur longue barbe. Mais lui et son ami se trouvèrent bientôt expulsés de la Convention Suprême et boutés hors du Palais.

Ils atterrirent dans un champ. Les vêtements de l'infortuné Sprinkelschnoudel étaient en loques, il portait des égratignures et des traces de coups. Jake comprit que leur situation laissait à désirer, mais il décida d'accorder à son ami le temps de faire une sieste réparatrice.

Au même moment, le petit garçon entendit au-dessus de sa tête comme un bruit de tissu déchiré, qu'il reconnut immédiatement. Son cœur fit un bond et se mit à battre plus vite. Levant les yeux, il les vit dans le ciel qui volaient...

8

Les oies sauvages...

... passaient en formation serrée, juste au-dessus de la cime des arbres. Leurs cris déchirants, semblables aux aboiements des chiens, remplissaient l'air. Le troupeau tout entier amorça une descente en vol plané vers la clairière, avec de brefs battements d'ailes.

Sprinkelschnoudel dormait déjà. Jake pensa un instant le réveiller, mais, captivé par le spectacle qui s'offrait à lui, il l'oublia aussitôt. Les oiseaux atterrirent dans le champ, juste en face de lui, et reconnaissant sa vieille amie l'oie de tête, il courut vers elle.

« Comme c'est beau de vous regarder voler ! » dit le petit garçon.

En vérité, il aimait beaucoup moins les voir se dandiner de leur démarche pataude. « Elles ont l'air un peu stupide, une fois sur la terre ferme », pensa-t-il.

L'oie de tête poussa un cri pour informer les autres qu'elles prenaient une pause d'un quart d'heure.

« Pourrais-je voler avec vous ? demanda Jake d'un air brave.

— Cela me paraît difficile, répondit l'oie sauvage. Nous émigrons vers le sud et ne serons de retour qu'au printemps prochain.

— C'est tout à fait ce qu'il me faut. Mais nous devons emmener le troll, qui est mon meilleur ami.

— Quel troll ? »

Jake désigna du doigt Sprinkelschnoudel qui dormait à quelque distance de là.

Les oies discutèrent entre elles. Et les vaches qui paissaient dans un pré voisin, à savoir Mmes MacGiddicully, MacGrath, Noonan, O'Grady, Hallahan, O'Shaugnessy et Fitzpatrick, donnèrent leur avis sans qu'on leur ait rien demandé.

Les vaches aiment à se mêler de ce qui ne les regarde pas, car cela apporte du piment dans leur vie (toute la journée, elles ne font que manger et digérer).

Le cerf, à l'orée du bois, déclara que ce projet était insensé, car si Dieu avait voulu que les petits garçons volassent, il leur aurait donné des ailes.

Quant aux oies, leur avis était partagé. Certaines affirmaient qu'il était contraire aux lois migratoires de prendre des passagers. D'autres avaient envie d'offrir à ce petit garçon une occasion de voler.

Après avoir entendu tous les avis, l'oie de tête, qui n'écoutait jamais que sa propre conscience, déclara :

« C'est d'accord, ami Jake, nous t'emmenons, mais attention ! Tiens-toi bien. »

Jake était trop petit pour monter tout seul sur le long cou de son amie, et une autre oie dut le soulever par son chandail.

Le décollage fut plus difficile qu'il ne l'aurait cru. L'oie commença par courir en ligne droite, mais comme ses pieds palmés étaient tournés vers l'intérieur, elle s'inclinait d'un côté à l'autre à chaque pas. Puis, pour gagner de la vitesse, elle déploya ses ailes et se mit à les agiter tout en courant. Enfin, dans un saut puissant, elle s'arracha du sol.

Jake se tenait de toutes ses forces, les yeux fermés. Lorsque l'oie lui commanda d'ouvrir les yeux, il aperçut le champ de neige qui s'éloignait à une vitesse vertigineuse.

« Mais où est mon ami le troll ? » cria-t-il.

Loin, loin, tout en bas, Sprinkelschnoudel lui faisait signe de redescendre. Jake agita la main en riant et cria :

« Nous allons passer l'hiver au chaud, dans le Sud ! »

Le vieux troll, tout en grimpant à son

tour sur le dos d'une oie, protestait en gémissant.

« C'est de la folie ! Moi qui suis sujet au vertige... »

Dans un grand élan vital, il noua ses deux bras autour du cou de l'oie, car il avait terriblement peur de l'altitude. Il serra même si fort qu'il faillit étrangler la pauvre bête.

Lorsqu'il eut rejoint le petit garçon, il lui cria :

« Nous ne pouvons pas descendre vers le sud.

— Pourquoi pas ? » répliqua Jake en riant à perdre haleine.

Son rire faisait la joie des oies sauvages, mais des oreilles indiscrètes ne manquèrent pas de le saisir. Le serpent et la chauve-souris de Druzilla l'entendirent, et il toucha même d'autres oreilles, fines comme des sonars, à une grande distance de là.

Cependant, l'oie de tête demandait à Sprinkelschnoudel :

« Etes-vous bien sûr de ne pas vouloir voyager avec nous ? Nous vous montrerons les fermes du Danemark, les digues de Hollande, les brasseries d'Allemagne, les vignobles de France, la botte de l'Italie et la mer Méditerranée.

— Non merci, répondit le vieux troll. Une autre fois, peut-être.

— Nous allons passer l'hiver sur les rives du Nil. C'est un endroit délicieux : là-bas nous pondons nos œufs et nous nous faisons de nouveaux amis. Je suis sûre que vous vous y plairiez.

— Non, non, nous ne sommes pas habillés pour voyager vers le sud. J'ai mon manteau d'hiver, je n'ai pas apporté mon écorce de bain ni ma crème bronzante. D'ailleurs je suis un troll de la Contrée du Nord, que ferais-je dans cette chaleur ? Je suffoquerais. »

Après un court silence, le vieux troll ajouta :

« D'ici le printemps, et bien avant, tous les rires de Trollhaven seront morts. »

Puis Sprinkelschnoudel se pencha en avant, ôta son chapeau qui faillit être emporté par le vent et s'adressa respectueusement à l'oie de tête.

« Pardonnez-moi si je vous importune, mais seriez-vous assez bonne pour faire un détour par Rochenoire ? Vous n'aurez qu'à nous déposer sur l'île et continuer votre chemin.

— A cette époque de l'année, répondit-elle, il ne fait pas bon vivre là-bas. Pour tout dire, il y fait un temps affreux. »

Et, jetant un coup d'œil sur le dernier bulletin météo, elle lut tout haut :

« *Avis de tempête avec vents de force neuf, forcissant puis empirant. Visibilité réduite à très réduite, tournant à visibilité nulle. Pluies et averses à tendance cyclonique.* »

« Tout cela n'est guère engageant, comme vous le voyez.

— Mais nous n'y allons pas pour faire du tourisme, dit Sprinkelschnoudel. Nous voulons libérer les rires que les sorcières ont enfermés.

— Il me semble pourtant que Jake rit très bien.

— Oui, et il est désormais le seul dans tout Trollhaven. Privés de leur rire, voyez-vous, les autres enfants risquent de vieillir avant l'âge. Ils deviendront graves comme des croque-morts, sinistres comme des usuriers et tristes comme de l'eau de vaisselle. Même si leurs parents ne lèvent pas le petit doigt, on ne peut pas laisser les enfants dans cet état.

— Et que comptez-vous faire ?

— Vous pourriez nous déposer sur l'île pendant la nuit. Je demanderais aux hégilafs de faire diversion, et sans réveiller les sorcières, nous irions libérer les rires captifs.

— Si vous venez avec nous au bord du Nil, proposa l'oie sauvage, vous pourrez rire tout votre soûl en attendant le printemps. Une fois les beaux jours revenus, vous irez à Rochenoire.

— Non, non, il n'y a pas de temps à perdre. Si nous ne rendons pas leur rire aux enfants, ils seront trop démunis.

— Bon, ce sera comme vous voulez.

Restez tranquilles, nous nous occupons du voyage.

— C'est sacrément gentil à vous. Nous n'oublierons pas ce geste. »

Tout d'abord, le vent froid fit frissonner Jake. Mais il se blottit dans les plumes douces et chaudes de l'oie, enfonçant bien son nez, ses bras et ses jambes dans le duvet, et il eut l'impression de voyager emmitouflé dans un cache-nez de laine tout doux et bien épais.

Les oies passèrent au-dessus de Trollhaven en formation serrée. Elles volaient si bas que Jake sentit la fumée des cheminées le réchauffer, et les aiguilles des sapins lui caresser les jambes. En passant au-dessus des maisons, il les saluait d'un geste, mais tout se passa si vite qu'il n'eut pas le temps d'être triste.

« Comment connaissez-vous le chemin ? demanda-t-il aux oies.

— D'instinct, et grâce aux pôles magnétiques qui nous indiquent le nord et le sud. Regarde en bas... »

Jake vit les grands pins de la forêt s'incliner les uns contre les autres et danser. Il vit Goomph, le plus grand volcan de la Contrée du Nord, qui dormait. Il vit des fermes au toit rouge et aux gouttières argentées, des mâts et des drapeaux, des routes scintillantes, et la côte festonnée de bateaux.

Et tout en affirmant qu'il n'était pas fatigué, il sentit ses paupières se fermer et s'endormit tout doucement...

Un bruit assourdissant le réveilla : caquetages de rage et battements d'ailes effrénés. D'un coup d'œil, il comprit ce qui se passait.

Pris de panique, il cria à ses amies les oies :

« Vite, vite, elles nous rattrapent ! »

Druzilla les suivait dans son mortier volant, perchée sur le pilon, en ricanant sauvagement. Plus elle approchait et plus la panique de Jake grandissait.

« Plus vite, plus vite ! » criait-il.

L'oie de tête battait des ailes comme une forcenée. Le troupeau tout entier redoubla de vitesse, et pendant quel-

que temps les poursuivants furent distancés.

Le petit garçon découvrit avec horreur le long nez de Druzilla, ses verrues, son manteau noir à capuche et son chapeau en accordéon sur les plis duquel reposaient des crapauds obèses. Elle portait même un python autour du cou en guise de collier, et Jake la jugea parfaitement épouvantable. Comparées à leur mère, Exécrable, Rance et Pleurnicharde étaient de véritables splendeurs !

Les sorcières approchaient. Le mortier crachait une fumée noire et des étincelles. Les trois filles de Druzilla, entassées dans le véhicule comme dans une tasse à thé géante, vomissaient des insultes sur leurs ennemis.

Soudain, Exécrable suspendit un immense filet à papillons sur le bord du mortier.

« Attention ! hurla Jake à l'adresse des oies. Descendez en piqué ! Dispersez-vous, bande d'idiotes ! Ne restez pas collées comme ça ! »

Mais il était trop tard.

Impuissant, le petit garçon vit le troupeau tout entier s'engouffrer dans le filet tendu par Exécrable, sans se départir de son ordre impeccable.

Les trois filles hissèrent les malheureuses oies dans le mortier et leur firent subir les tortures les plus atroces : elles les inondèrent d'urine et d'autres substances humides et gluantes, trop immondes pour être nommées. Jake était écœuré.

Puis, avec un ricanement grinçant, elles jetèrent les oies terrifiées par-dessus bord.

« Est-ce que le gosse est avec vous ? s'enquit Druzilla.

— Ouais, ouais, caqueta Exécrable, il est là. »

Cependant, Pleurnicharde extrayait une grosse morve verte de son nez tordu et l'étalait dans les cheveux du petit garçon.

Malgré ses courageuses résolutions, Jake ne put supporter tant d'horreur et de méchanceté. Il fondit en larmes.

« Arrêtez de faire les idiotes, brailla Druzilla. Vous n'êtes pas là pour vous amuser. C'est une affaire très sérieuse, voyons ! Reprenez-vous. »

Sur ces mots, elle lança son mortier à la vitesse maximale.

Les moteurs tournaient à plein régime. Ils avançaient si vite que les trois filles ne remarquèrent pas, loin derrière eux, un hégilaf qui volait tout doucement, portant Sprinkelschnoudel non pas sur son dos, mais tendrement dans ses bras, comme une mère porte son bébé au lit.

« Hélas ! songeait Jake, nous aurions dû suivre les conseils de l'oie de tête. Qu'allons-nous devenir ? Jamais je ne pourrai m'échapper de Rochenoire... »

9

A Rochenoire

Prisonnier au fond du mortier, les mains liées dans le dos, Jake, regardant par-dessus bord, ne voyait que la mer en dessous de lui. Il faisait un froid glacial.

Enfin, au loin, la forteresse de lave noire se profila sur la mer, entourée d'un voile de fumée crasseuse et perdue dans le brouillard. Plus le mortier s'approchait de Rochenoire, mieux Jake pouvait distinguer les détails.

Il aperçut les fenêtres du donjon, les

cours intérieures, les escaliers. Les falaises s'élevaient à pic parmi les rochers déchiquetés. Vers le haut, l'île se rétrécissait, et c'est là, dans le cratère d'un volcan éteint, que se trouvait le château. Le seul moyen d'y accéder était de voler à travers la fumée noire et de venir s'y poser.

Ce château était si sinistre, si inquiétant, que Jake ferma les yeux. « C'est un mauvais rêve, se disait-il, je vais me réveiller dans mon petit lit douillet. »

Mais les sorcières atterrirent en plein milieu du parvis, et Druzilla commanda un grand banquet dans la Salle des Echos. Elle avait réussi ! L'ultime rire de Trollhaven était en son pouvoir !

On laissa Jake dans le mortier, à l'entrée de la grande salle pleine de miroirs. Il eut tout loisir d'observer les rats marmitons qui apportaient la nourriture.

Partout, les chauves-souris allumaient des bougies : douze sur chacun des lustres de cuivre qui pendaient du plafond, et quatre dans chacun des chandeliers posés sur la table. Sur le buffet, les rats allumèrent de grosses chandelles rondes de suif jaune dont la lumière, au bout des mèches blanches, dansait et tressaillait sans cesse.

Les serpents siffleurs et zélés se pressaient silencieusement pour mettre le couvert. Jake comprit qu'ils avaient peur de Druzilla, eux aussi.

Enfin les sorcières prirent place. Druzilla présidait, sa fille aînée était à l'autre bout de la table et les deux plus jeunes au milieu. Le banquet de la victoire commença.

Jake, les yeux écarquillés, regardait défiler choux rouges et choux verts. Druzilla avalait d'énormes bouchées d'un plat nommé : la Tentation de Janson (pommes de terres, oignons, anchois, le tout mélangé à une bonne quantité de crème fraîche). Puis elle s'attaqua à un autre plat nommé Tambouille du Vieillard.

(Celui-ci, seules les sorcières savent le préparer. En gros, il s'agit d'un gâteau au sang dans lequel on ajoute une chaussette bouillie, du vomi d'araignée, du fil d'une vieille culotte, de l'urine d'âne, des crottes de chauve-souris et, pour donner de la consistance, une bonne gorgée de morve, ou des crachats de vieillard tabagique.)

Mais il y avait également de bons plats à ce banquet. Malgré les efforts de Jake, son estomac vide ne cessait de gémir. Il dévorait des yeux le gigot fumé, les pieds de porc, le pâté de foie, les boulettes de viande, la grande marmite de soupe aux choux, la purée de navets, les saucisses de porc, les harengs sauce moutarde, les harengs vinaigrette, les harengs sauce tomate, la salade à l'huile de noix et aux mandarines, les tranches de jambon toutes fraîches, le pain de campagne, les petits pains mollets, et bien sûr la corbeille de fruits : pommes, oranges, dates et figues sèches.

Tout en festoyant, les sorcières portaient des toasts, et braillaient, et caquetaient et ricanaient.

« A la tristesse !

— A la mort du rire !

— Au mal, à l'ennui ! »

Après chaque toast, elles vidaient leur gobelet, et les serpents, zélés et serviles, s'empressaient silencieusement de les resservir.

Elles burent de la bière de rat, du vin de crapaud, et de l'eau de vaisselle. Puis elles se mirent à chanter faux, et d'une voix éraillée, des chansons effroyables.

La fanfare des serpents les accompagnait, sifflant, agitant des crécelles et claquant des cymbales. Le concert se termina dans un chahut épouvantable : les sorcières s'insultaient et se disputaient, s'arrêtant parfois pour roter ou ronfler.

« Beurk ! » pensa Jake.

Il se sentait seul, triste et abandonné. A l'idée que son ami le troll n'était pas là, il se mit à sangloter.

Mais soudain une petite voix lui chuchota :

« Hep, hep ! Je suis là. »

Le garçonnet ouvrit les yeux, suppo-

sant que les sorcières lui jouaient un mauvais tour, mais il ne vit personne. Les fenêtres de la salle à manger étaient couvertes de givre, dehors il faisait froid et sombre. Les sorcières aimaient à faire régner l'obscurité sur leur domaine.

« Sprinkelschnoudel ? murmura Jake. C'est toi, vraiment ? Mais où es-tu ? »

Il frotta le carreau du bout de son nez, mais le troll n'était pas dehors.

« Je suis là, Jake.

— Où ça ?

— Là, dans la poche de ta chemise. »

Jake baissa les yeux sur sa poche de poitrine, à gauche. En effet Sprinkelschnoudel était là, mais il avait rétréci à la taille d'une épingle.

« Ça alors ! Qu'est-ce que tu fais là ?

— Le hégilaf m'a aidé à rapetisser, dit Sprinkelschnoudel en souriant.

— Troll, mon cher troll, comme je suis content de te voir ! »

Jake parlait avec précaution, craignant que son souffle ne fasse tomber son ami.

« Jadis, j'étais capable de rapetisser par mes propres moyens, mais c'était il y a longtemps et j'ai un peu perdu la main. Heureusement que le hégilaf est apparu pour m'aider.

— J'ai faim, déclara Jake. Je ne peux même plus me ronger les ongles, car je n'ai plus d'ongles.

— Tiens, mange une petite tartine », dit le troll.

Il sortit de sa poche un pot de confiture et en étala sur un morceau de pain sec, mais pour Jake qui avait conservé sa taille normale, la tartine avait la taille d'une miette.

« Qu'est-ce qu'elles vont me faire, à ton avis ? demanda le petit garçon.

— Surtout ne ris pas. A la première occasion, elles déracineront le rire de ta gorge comme on arrache une dent.

— Mais je ris pour un rien ! Les événements les plus banals, les blagues les plus stupides me font rire. Je me connais, je vais faire une bêtise. »

Au même instant, une voix caverneuse retentit dans la salle à manger.

« Où est ce garçon qui ose encore nous importuner de son rire ?

— N'aie pas peur, souffla Sprinkelschnoudel à son ami. Les sorcières ne sont pas drôles. Elles n'ont aucun sens de l'humour, elles seront incapables de te faire rire.

— Comment le sais-tu ?

— Elles ne connaissent pas la joie : il n'y a aucune gaieté en elles. Le rire est le propre des enfants, Jake. Dès lors qu'on explique ce qui nous fait rire, ce n'est plus drôle du tout. Le rire est un don sans prix, et il est criminel de vouloir te le voler. »

Jake, répondant à l'appel des sorcières, avançait vers le trône de Druzilla.

« Viens avec moi, troll, ne me laisse pas seul, murmura-t-il. J'ai peur...

— Courage, mon ami. Je serai avec toi, quoi qu'il arrive. »

Druzilla, assise sur son trône de serpents vivants, s'adressa à sa fille aînée.

« Exécrable, ma chérie, mon effroyable et dégoûtante, je te prie de faire rire ce garçon, afin que nous puissions lui arracher son rire sitôt sorti de la gorge. »

Jake, debout au milieu de la pièce, faisait des efforts pour ne pas trembler et pour dissimuler son effroi.

Exécrable s'avança vers lui et le chatouilla avec une plume, puis elle se chatouilla elle-même. Elle avait déjà vu des humains agir de la sorte. Mais elle était si laide et si cruelle que le petit garçon n'avait aucune envie de rire.

La jeune sorcière décida d'employer les grands moyens : elle s'empara d'une tarte à la crème et l'écrasa sur le visage de sa sœur Rance.

Mais pour être vraiment drôle, comme dans les films de Laurel et Hardy, ce geste doit être effectué avec le sens du rythme et une vraie finesse. Or Exécrable se borna à écraser méchamment la tarte dans la figure de sa sœur, et au lieu de rire, Jake se mit à pleurer.

Druzilla se jeta sur son aînée et la chassa à coups de pied.

« Bâtarde ! Incapable ! Laisse la place à ta sœur, qui est plus subtile que toi. Rance, mon enfant bien-aimée, toi qui connais les bonnes manières, montre-nous ce que tu sais faire. »

Rance s'avança sans lâcher le sandwich aux mauvaises herbes qu'elle était en train de manger. Comme elle était bègue, elle n'essaya pas de raconter une blague, mais elle décida de faire une belle grimace. Elle mordit dans ses lèvres comme dans deux prunes pourries, ferma un œil, et ouvrit si grand la bouche qu'on ne voyait plus que ses dents et ses amygdales.

Jake, effrayé, se remit à pleurer. Les affreuses sœurs s'en réjouirent : elles applaudirent en ricanant comme des folles. Quel plaisir de faire pleurer un petit garçon ! Et comme c'était facile !

Druzilla était furieuse.

« Abrutie ! Tête de navet ! Crasse d'égout ! Et dire que j'ai engendré ça ! Tu ne pourrais pas être drôle, non ? »

Changeant brusquement de ton, elle se tourna vers la petite dernière.

« Pleurnicharde, mon enfant chérie, montre-nous donc ton intelligence et ton talent. »

Pleurnicharde marcha droit sur Jake, une épingle dans la main droite et une aiguille dans la gauche. Mais lorsqu'elle voulut les lui enfoncer dans le derrière, le garçon la mordit et lui donna des coups de pied.

Elle lui raconta des histoires, elle déguisa ses deux sœurs en cheval de cirque, mais même les crapauds installés sur son chapeau, qu'elle avait dressés à l'applaudir et à l'acclamer, ne purent cacher leur ennui.

Druzilla entra dans une rage noire. Elle se mit à hurler :

« Qu'on enferme ce Jake au donjon ! S'il ne rit pas, je le mangerai ! »

Des flammes lui sortaient de la bouche. Elle se tourna vers ses trois filles et ajouta :

« Vous n'êtes que des incapables, des inutiles ! Savez-vous ce que c'est que le CHARME ? Eh bien, du charme, vous en avez à peu près autant qu'une épidémie de lèpre ! »

Un rat noir fut chargé de conduire Jake au donjon.

10

Le donjon...

... était si sinistre et si désespérant que personne n'en était jamais sorti vivant. Même les rats qui gardaient les prisonniers n'aimaient pas y entrer. Le rat de garde, prenant pitié de l'ami Jake, lui permit de visiter les cellules voisines de la sienne.

Dans la première, Jake rencontra M. Ishkebibl, le facteur de Trollhaven. C'était un homme plein de calme et de discipline : ni le feu, ni la tempête, ni les tremblements de terre n'auraient pu le détourner de son devoir. Au village, on le considérait comme légèrement attardé, mais Jake aimait l'entendre raconter des histoires.

Il se précipita pour l'embrasser.

« Bonjour, monsieur Ishkebibl.

— Oh, Petit Jake ! Comme je suis content de te voir !

— Mais que faites-vous ici, monsieur Ishkebibl ? Et pourquoi pleurez-vous ?

— Ce qui m'arrive est terrible, terrible ! »

Jake remarqua que M. Ishkebibl était entouré d'un énorme tas de lettres en souffrance, attendant d'être distribuées.

« Oh, murmura-t-il, quelle montagne de courrier !

— Pendant des années, expliqua le facteur, je me suis arrangé pour que tous ceux qui attendaient du courrier, l'espérant jour après jour même s'ils n'avaient ni correspondants ni amis, reçoivent les lettres qu'ils méritaient. Au bureau de poste, je passais des heures à trier des piles de lettres pour décider qui, dans le village, recevrait quoi.

POSTE
P
P

« Quel travail ! Tous les soirs j'apportais les factures à ceux qui avaient les moyens de payer, les avis de deuil aux morts, ou aux mourants qui n'en avaient cure, les lettres d'amour aux mal-aimés, etc. Chacun était content de me voir arriver, car il faut reconnaître que j'étais un excellent facteur. Je renvoyais les amendes en les estampillant "Adresse inconnue", et si elles revenaient pour la deuxième ou la troisième fois, je les expédiais au Chili, en Terre de Feu, d'où elles ne revenaient jamais.

— Mais toutes les méchantes lettres sont revenues ici même, n'est-ce pas ? fit Jake en désignant la pile de courrier qui remplissait la pièce.

— Oui. Les sorcières les ont interceptées et maintenant, elles veulent les envoyer à leurs destinataires pour les plonger dans une misère sans nom. »

Toutes ces lettres en souffrance étaient vraiment vilaines : missives venimeuses, créances, avis de saisie, retraits bancaires... Lorsque Jake étendit la main pour les toucher, elles se mirent à gronder et à montrer les dents.

« Si ces lettres arrivent à Trollhaven, elles y apporteront le désespoir pour des années », conclut M. Ishkebibl.

Jake lui promit de tout faire pour empêcher cela, et il continua sa promenade.

Dans une autre cellule, il découvrit ce qu'il crut d'abord être une forêt de diamants. Il y avait là une multitude d'arbres sans feuilles, aux branches nues desquelles pendaient des milliers de gouttes d'eau. En s'approchant pour mieux voir, il découvrit, à l'intérieur d'une goutte, un minuscule hégilaf qui mangeait du chocolat.

« Bonjour ! Je m'appelle Jake, dit-il en approchant son doigt pour toucher l'eau scintillante.

— Et moi, je suis M. Léger-léger, s'écria le hégilaf en sursautant, mais surtout ne touchez pas à cette goutte d'eau ! Ma bulle éclaterait, je tomberais sur le sol et j'en mourrais. Vous seriez bien triste ensuite, petit garçon.

— Oh ! là ! là ! s'exclama Jake en retirant son doigt. Excusez-moi. »

Le hégilaf continua à manger du chocolat.

« Mais que faites-vous ici, monsieur Léger-léger ?

— Les sorcières sont si jalouses des hégilafs qu'elles nous enlèvent, nous rétrécissent et nous suspendent dans ces gouttes de pluie. De temps en temps, elles viennent secouer les arbres, et des dizaines ou des centaines d'entre nous disparaissent.

— Mais c'est affreux ! Vous devez être des milliers et des milliers, prisonniers de ces arbres, observa Jake en considérant la forêt scintillante autour de lui. Je voudrais pouvoir faire quelque chose pour vous.

— Apportez-nous du chocolat. Nous avons en effet pensé que, si notre visage se couvre de boutons, les sorcières nous laisseront partir : puisque nous serons laids, elles n'auront plus à être jalouses. »

Druzilla, qui n'allait presque jamais au donjon, entra brusquement dans la cellule de Jake et l'embrassa. Elle avait l'haleine si fétide qu'il crut s'évanouir.

« Pourquoi compliques-tu la situation, hein ? murmura-t-elle d'une voix douce. Viens, mon petit ami, je vais te montrer quelque chose. »

Jake n'avait pas d'autre choix que de la suivre : elle était sortie en emportant l'unique flambeau, et il ne voulait pas rester dans le noir.

« Je vais te montrer notre centre de formation. La magie noire, ça s'apprend », expliqua Druzilla en le précédant dans un escalier en colimaçon qui sentait le pipi.

Jake marchait d'un pas mal assuré. Soudain, il passa à travers une toile d'araignée grande comme un filet de pêche. Affolé à l'idée de rencontrer l'araignée géante qui l'avait tissée, il se précipita en hurlant derrière Druzilla.

« Qu'est-ce qui t'arrive ? s'enquit-elle.

— Rien », répondit-il en décollant de

longs lambeaux de toile d'araignée de son visage.

Une porte s'ouvrit en crissant, lentement, et ils entrèrent dans la chambre de la sorcière. Les murs étaient construits en crânes et en os humains, et des rideaux de toile d'araignée en triple épaisseur pendaient aux fenêtres.

« Il me faut ton rire », expliqua Druzilla avec un sourire plein de douceur.

Ce faisant, elle leva la main pour cacher ses dents aiguisées.

« Mais j'en ai besoin, moi aussi, répliqua Jake.

— POUR QUOI FAIRE ? »

La vilaine sorcière du Nord se jeta dans son trône de serpents vivants qui la suivait partout, et elle alluma la télévision. Sur l'écran, des gens riaient.

« Tu veux de l'HUMOUR ? cria Druzilla d'une voix suraiguë. De l'HUMOUR ? Comme cette bande d'idiots, qui se mettent à braire comme des ânes pour des choses absurdes ? Tu trouves ça DRÔLE ?

— Non, murmura Jake effrayé.

— Toute cette allégresse, cette énergie gâchée... DE L'HUMOUR, MAIS POUR QUOI FAIRE, À LA FIN ? »

D'un geste, elle ordonna à Jake de regarder par la fenêtre ouverte. Dans la cour, les filles de la sorcière jouaient au football.

Mais à la lueur des torches, Jake s'aperçut qu'au lieu de ballon, elles donnaient des coups de pied dans de petits oiseaux. A chaque fois qu'elles marquaient un but en envoyant un oisillon cogner dans la vitre sale du château, elles se mettaient à caqueter et à ricaner.

« Si tu refuses de coopérer, l'avertit Druzilla, nous jouerons au foot avec ta tête.

— J'ai fait tout ce que j'ai pu pour rire, répondit Jake d'une voix tremblante, mais je n'y arrive pas. C'est plus fort que moi.

— Mais pourquoi ? Tu arrives bien à pleurer, pourtant.

— Ça oui ! Je n'arrête pas de pleurer depuis que je suis arrivé.

— C'est bien, j'en suis heureuse.

— Excusez-moi, reprit Jake d'un ton poli, mais je suis un peu fatigué.

— Tu n'as qu'à faire la sieste, répondit Druzilla en désignant son lit en peau de hérisson.

— Euh... Non merci. En fait, je crois que j'ai plutôt faim », dit Jake.

Druzilla le conduisit à la cuisine, où un cuisinier s'employait à cracher dans la soupe cependant que l'autre, tirant des poils noirs de sa barbe, en farcissait des pâtés.

« Beurk ! C'est immonde », songea le petit garçon.

« Tu vois, dit Druzilla, si tu ne veux pas rire, je te mangerai. J'ai une recette de ragoût qui t'ira très bien. »

Puis elle se mit à extraire la crasse d'entre ses orteils.

« Veux-tu en goûter ? »

Jake secoua poliment la tête, mais déjà Druzilla prenait sur une étagère un pot marqué : « *CONFITURE D'ORTEILS, douze ans d'âge. Fournisseur attitré de Sa Majesté la* R*EINE* D*RUZILLA, treizième du nom.* »

« Tiens, dit-elle en lui tendant le pot.

— Merci », répondit Jake avec un sourire contraint.

Et pendant que Druzilla ordonnait à ses amis les vers d'envahir les fruits, la viande et le fromage, pendant qu'elle testait un nouveau type de tartine beurrée qui tombait systématiquement par terre du côté beurre, Jake remarqua un tout petit homme au fond du pot de confiture d'orteils.

« Aidez-moi à sortir, criait-il. Pitié ! Je suis le premier mari de Druzilla. »

Il était si rigolo avec sa panoplie d'expert-comptable, son stylo, son bloc-notes et son costume, que Jake éclata d'un rire irrépressible.

Tout se passa si vite, alors, qu'il n'eut pas le temps de réagir. Druzilla le saisit par les cheveux, attrapa le rire tout chaud qui montait dans sa gorge et l'arracha comme on déracine un rosier.

Puis, bien vite, elle le jeta dans le coin le plus sombre de la malle, referma la malle, sur la malle le coffre en plomb et sur le coffre, le sarcophage de marbre noir.

Une fois que tout fut bien cadenassé, le python que la sorcière portait autour du cou siffla d'un air approbateur, les crapauds sur son chapeau coassèrent : « Bravo ! » et les chauves-souris pendues dans son dos battirent des ailes.

Enfin les trois filles tirèrent le cercueil de marbre au bord du parapet qui entourait le château et le jetèrent par-dessus bord. Le hideux sarcophage s'enfonça dans les profondeurs de l'océan.

Druzilla pouvait enfin dormir en paix, sans craindre les éclats des rires honnis des enfants. Son plan avait fonctionné à merveille.

Elle reposa le pot de confiture où était enfermé son premier époux dans une armoire, à côté de ses autres ex-maris : « On ne sait jamais, pensait-elle, un homme peut toujours être utile à quelque chose. »

Puis, enivrée par son succès, elle s'accorda une petite sieste sur son lit de hérisson. Il est important de dormir si l'on veut conserver sa beauté, et Druzilla espérait se relever plus laide que jamais.

« Je ne sais pas comment cela se fait, déclara-t-elle, mais il semble que tout le charme de cette famille s'est concentré sur moi. Mes lamentables filles en manquent absolument. Jake, toi qui es si charmant, enseigne-leur donc comment on prend le thé dans la bonne société. C'est-à-dire sans roter, sans se gratter à tout moment.

« Si elles veulent réussir dans les cercles les plus distingués de la sorcellerie, il leur faudra se comporter comme de vraies dames. Et puis, tiens, si tu travailles bien, je t'accorderai une faveur : je ne te mangerai pas tout de suite. »

Sur ce, la sorcière et ses crapauds se mirent à ronfler. Les filles regardèrent Jake en chuintant et en sifflant, et s'en retournèrent dans leur chambre.

Jake ressentit soudain comme un engourdissement, un vide intérieur. Son rire avait disparu pour toujours. Il comprenait maintenant ce qu'avaient enduré les autres enfants de Trollhaven.

Il chercha son ami le troll dans la poche de sa chemise, puis dans toutes ses poches, mais il ne le trouva pas. Alors il se mit à pleurer. Il avait tout perdu. Même Sprinkelschnoudel n'était plus là.

Une honte terrible l'envahit. Assis sur le bord de la falaise, Jake se mit à scruter l'horizon, tentant de percer les fumées épaisses de Rochenoire. Se pouvait-il que personne ne vienne à son aide ?

Il lança un appel.

« Sprinkelschnoudel, où es-tu ? »

Pas de réponse, pas même un faible écho. Le fracas des vagues sur les rochers était si assourdissant qu'il s'entendit à peine crier :

« Au secours, reviens, Sprinkelschnoudel ! »

11

Le fidèle Sprinkelschnoudel...

... avait observé toute la scène, assis au sommet d'une arche gothique. Puis, sortant du château, il avait emprunté un couloir d'air tumultueux et sauté dans la mer. Le hégilaf l'attendait et, de son vol nonchalant, l'avait ramené sur le continent. De là, le troll s'était rendu directement à la Convention Suprême.

Les trolls étaient toujours occupés à discuter des mêmes choses, mais les « Ne Touchez à Rien » et les « Changez Tout » se trouvaient désormais dans une situation de conflit inextricable. Ils en oubliaient même la politesse.

Le malheureux Premier Ministre faisait de son mieux pour les empêcher de se cracher dessus, mais il ne parvenait pas à endiguer les insultes.

Les C. T. traitaient leurs adversaires de : « Crânes de pierre ! Dinosaures ! Abrutis ! » Les N.T.R. leur répondaient : « Têtes de linottes ! Brasseurs de vent ! Outres vides ! »

Après avoir prononcé un discours sur la nécessité d'accroître la production des carottes et des salades, auquel personne ne prêta attention, le lapin noir replia ses longues oreilles et cessa d'écouter les insultes échangées par les députés.

Sprinkelschnoudel ne s'embarrassa ni d'hésitations, ni de faux-fuyants. Il grimpa sur la souche la plus élevée du Palais et il raconta aux députés ce qui venait de se passer, comment leur égoïsme et leur suffisance avaient permis l'enlèvement d'un petit garçon, et comment, à cause d'eux, Petit Jake ne rirait plus jamais.

Les trolls, fatigués de la politique, se levèrent comme un seul homme et réveillèrent même les députés endormis. Sprinkelschnoudel prononça un discours plein d'énergie pour exhorter les trolls à une grande mission de sauvetage. Ils s'entoureraient de leurs alliés naturels : les oies sauvages, les dauphins, les vaches, les petites souris, les fourmis et, bien sûr, les hégilafs.

Les « Ne Touchez à Rien » étaient d'accord sur le principe, mais ils objectèrent qu'ils ne pouvaient pas partir au combat sans une préparation tactique, et qu'il fallait en conséquence désigner une commission qui étudie ce problème. Les conclusions de la commission seraient évidemment débattues devant la Convention.

Ils marquèrent également leur réprobation quant au fait que Sprinkelschnoudel, doyen de l'assemblée avec ses cent soixante-dix-neuf ans, se montre si irrespectueux des procédés TRADITIONNELS de la Convention Suprême.

Le vieux troll répondit aux N.T.R. qu'il avait toujours vu la rudesse et le désordre régner chez les trolls, et que les succès de leur peuple, dans le passé, tenaient précisément à leur vigueur et à leur imagination. Foin de la paperasse !

Les « Changez Tout » marquèrent leur approbation en cognant sur leur bureau et en poussant des vivats. Mais eux aussi, ils avaient des objections à émettre.

Ils rappelèrent à Sprinkelschnoudel que, depuis le temps de sa jeunesse, les trolls avaient inventé les moulins à vent et les étangs chauffés à l'énergie solaire, qu'ils avaient domestiqué les castors et les tortues pour construire leurs maisons, et qu'ils avaient instauré la navigation maritime à dos de dauphin. Que Sprinkelschnoudel en soit encore à dormir sur un lit de lichen, avec un couvre-pied en écorce de bouleau, leur semblait inconvenant.

Les « Changez Tout » affirmaient que, de nos jours, on ne peut organiser une expédition de secours sans l'armement moderne adéquat. Il leur faudrait donc des lamas cracheurs, des anguilles électriques pour piquer l'ennemi, des abeilles tueuses du Mexique... Dans les garde-manger en forêt, ils désiraient que la confiture soit remplacée par des plateaux-repas, plus modernes et plus sympa.

Les N.T.R. noyèrent ces revendications sous les huées. Lorsque arriva le moment du vote, les deux partis étaient radicalement opposés, mais grâce au Premier Ministre, dont la voix était prépondérante en cas de ballottage, la Convention Suprême décida enfin de lancer la mission de sauvetage.

Aussitôt que l'état d'Alerte Totale fut proclamé, les trolls oublièrent leurs différends. La crise révélait le meilleur d'eux-mêmes. Ils convoquèrent leurs vieux amis du transport aérien : les oies sauvages, bien sûr, mais aussi les hiboux grands ducs pour les vols de nuit, les aigles chauves pour assurer la défense aérienne et les vautours pour inspirer de la terreur à l'ennemi.

Puis ils convoquèrent les dauphins, les marsouins, les lions de mer et les phoques. L'attaque aurait lieu simultanément par mer, par terre et par air. Et tout le monde se prépara au combat.

Cette nuit-là, les trolls et leurs alliés s'assemblèrent le long de la côte nord de Trollhaven. Ils synchronisèrent leurs horloges biologiques, vérifièrent sur leurs cartes mentales les coordonnées de latitude et de longitude. Une fois en route, ils ne pourraient plus s'assurer de leur direction ni communiquer entre eux.

Larson le pêcheur emmena sept vaches dans son chalutier : c'étaient Mmes MacGiddicully, O'Leary, O'Grady, MacGrath, Noonan, et Fitzpatrick. Sans oublier, bien sûr, Mme Hallahan.

« Peut-être ne trouverons-nous pas Rochenoire. Y avez-vous songé ? s'enquit Mme MacGiddicully.

— Nos guides, les oies sauvages, font le tour du monde tous les ans, expliqua Sprinkelschnoudel. Elles vont en Amérique du Sud, en Afrique. Vous voyez qu'elles sont très douées.

— C'est bon, répondit Mme MacGiddicully. Les filles et moi-même, nous sommes prêtes à embarquer. »

Enfin la grande flotte de guerre, oies sauvages, dauphins et phoques, se mit en route pour Rochenoire. La lune était pleine et le moral des troupes, excellent : les trolls restaient éveillés pour leur chanter des airs pleins de courage et d'allant.

Et ils avançaient sur l'océan, à dos d'oie, à dos de dauphin, un seul hégilaf fermant la marche. Le volcan Goomph, leur fidèle allié, illuminait pour eux le ciel nocturne.

Tous les poissons de la mer vinrent leur apporter leur aide au cours du voyage : le requin pèlerin, aux yeux verts phosphorescents, leur servait de guide et d'éclaireur. Derrière lui venaient les requins nains, semblables à des vers luisants avec leurs écailles luminescentes. Enfin le plus grand et le plus effrayant d'entre eux, avec ses six mètres de long, éloignait les prédateurs.

Et de chaque côté du cortège, des raies de l'Atlantique agitaient leurs nageoires semblables à des ailes, prêtes à prendre la relève et à transporter les trolls si les dauphins et les marsouins se fatiguaient.

Tout au bout venaient les poissons pilotes. Ils étaient censés guider les autres, mais ils nageaient si lentement qu'ils s'étaient retrouvés à l'arrière, glissant comme des surfers dans le sillage de leurs camarades.

Ils croisèrent les îles Pater Noster et l'archipel de l'Ave Maria : à l'horizon on ne distinguait que de l'eau et encore de l'eau. Ils voyagèrent toute la nuit, puis un jour entier et encore une nuit.

A l'aube du deuxième jour, tous étaient affamés et épuisés. Certains prétendaient qu'on s'était perdu, qu'on n'arriverait jamais à Rochenoire. Dans la flottille, le bruit courut que Druzilla avait déplacé son île-forteresse, qu'elle l'avait installée sur un autre océan ou noyée dans l'encre d'invisibilité.

Mais bientôt, les oiseaux partis en éclaireurs envoyèrent un message transmis par les étoiles de mer aux aigles, par les aigles aux oies sauvages et par l'oie de tête aux dauphins : ils étaient sur la bonne route.

Cependant, les marsouins montaient et descendaient au gré des vagues. A chaque fois, l'estomac de Sprinkelschnoudel faisait un saut dans sa poitrine, et le troll se trouvait bien malade, n'ayant pas l'habitude des voyages en mer. Au bout du compte, il vomit son déjeuner dans l'océan, et comme la confiture de fraise avait le même goût en remontant que lorsqu'il l'avait mangée, il eut le plaisir de la déguster deux fois.

Mais Twickenham, son neveu, qui le tenait par les pieds pour l'empêcher de tomber, trouva cela tout à fait dégoûtant.

Le froid s'abattit soudain sur l'expédition. Les pluies tournèrent à la tempête et des vents de force neuf à dix sur l'échelle de Beaufort se mirent à souffler, annonçant un cyclone. Le troisième jour, vers midi, la lumière du jour s'obscurcit tout à fait et les voyageurs virent apparaître sur l'horizon un immense rocher aride dont le sommet disparaissait dans un nuage de fumée noire.

« Je ne peux pas approcher plus », déclara Larson, le pêcheur de Mollesund.

Aidé de ses trois fils, il décrocha le canot de sauvetage et le mit à la mer pour transporter les vaches blanches une par une sur le rivage.

« Nous vous attendrons ici, déclara-t-il. Il serait trop dangereux d'aborder. »

Plus ils s'approchaient de l'île, plus celle-ci leur paraissait escarpée et aride. Pour se préparer à leur mission de sauvetage, les trolls se présentèrent à la queue leu leu devant les vaches et burent une bonne rasade de lait tiède.

Puis ils attendirent les oies sur la

plage. Elles devaient les déposer au sommet de la forteresse, car il était impossible de grimper le long de ces falaises glissantes.

Sprinkelschnoudel ferma son manteau jusqu'en haut et tira les cordons de sa capuche bordée de fourrure.

Tous les trolls étaient prêts à l'attaque, ainsi que leurs alliés les poissons, les oiseaux, les vaches, les fourmis et les petites souris.

Il faisait très sombre et très froid. Les murailles de roc noir s'élevaient à pic, si effrayantes que Sprinkelschnoudel se fit mal au cou à force de lever la tête.

Mais lorsque résonna le signal d'attaque, le vieux troll était prêt.

12

La Grande Offensive

Ce fut Goomph, le plus grand volcan en activité de toute la Contrée du Nord, qui donna le signal. Comme convenu avec ses amis les trolls, il se mit à cracher des boules de feu et des giclées de lave dans la nuit.

Goomph était ravi qu'on lui donne un prétexte pour organiser ce feu d'artifice.

Lorsque les sorcières virent le ciel s'illuminer, elles grimpèrent sur leur sapin volant supersonique et se précipitèrent pour admirer le désastre. Elles aimaient tant les catastrophes !

C'est ainsi qu'elles laissèrent Rochenoire sans surveillance. L'île était si isolée de tout, si dangereuse, qu'elles pensaient – à juste titre – que personne n'oserait s'y attaquer. A vrai dire, seule Druzilla avait été assez folle, jusqu'ici, pour en prendre possession.

Cependant, elles laissèrent derrière elles des gardes dignes de confiance : les rats noirs occupaient la Salle de la Guerre.

Dès que les sorcières se furent éloignées, les oies sauvages déposèrent des milliers de fourmis sur les murailles du château.

Les fourmis s'employèrent à énerver et à démanger les rats noirs et les serpents. Elles entraient partout : dans les matelas, dans les machines.

Puis les oies déposèrent les sept vaches dans la cour intérieure, et les vaches, offrant leur lait aux chauves-souris et aux serpents, leur graissèrent la patte. Bientôt, tous ces loyaux défenseurs eurent le ventre lourd de lait bien gras.

Du haut de son donjon, Jake contemplait le ciel avec émerveillement : il adorait les feux d'artifice. Sans comprendre exactement ce qui se passait, il sentait que c'était important, et, bouche bée, il scrutait la nuit. Bientôt, il remarqua les fourmis qui se pressaient en tous sens. C'était la première fois qu'il en voyait à Rochenoire.

Comme il connaissait bien les fourmis de Trollhaven, et espérant que celles-ci en étaient parentes, il interrogea la première qui passait à sa portée.

« Pardon, ne seriez-vous pas Z-110 ?

— Mais non ! Moi, c'est Z-109. Vous êtes aveugle, ou quoi ? »

Jake n'en croyait pas ses yeux. Cette petite fourmi qui lui grimpait dessus était de son village !

« Mais... Attention, qu'est-ce que vous faites ? Non, n'entrez pas sous ma chemise, s'écria-t-il.

— Désolée, répliqua Z-109 en s'infiltrant dans la manche. J'ai des ordres. Il nous faut importuner l'ennemi jusqu'à le rendre fou.

— Je ne fais pas partie des ennemis, fourmi stupide », déclara Jake en la chassant d'une pichenette.

Lorsqu'il aperçut Mme MacGiddicully qui offrait son lait aux serpents et aux chauves-souris, la lumière se fit dans son esprit. Jamais il n'avait été si content de voir une vache.

Bientôt les oies déposèrent les trolls dans la cour du château. Sprinkelschnoudel se rendit directement dans la Salle du Silence, et Jake était là pour l'accueillir. Les deux amis se jetèrent dans les bras l'un de l'autre, et Jake enlaça également le hégilaf, qui lui caressa le visage de ses longs cils.

Puis le petit garçon montra à son ami l'endroit où les sorcières avaient noyé le sarcophage contenant les rires de Trollhaven. Le vieux troll lui dit de ne pas s'inquiéter.

Il ordonna aux dauphins d'aller quérir la plus grande pieuvre de tout l'océan pour qu'elle retrouve le cercueil et qu'elle le rapporte à la surface.

Quant au hégilaf, il alla directement à la forêt de diamants et il délivra ses camarades emprisonnés dans les gouttes d'eau. Puis, grâce à ses pouvoirs magiques, il leur rendit leur taille normale.

Cependant, dans un grand élan, Jake et les trolls envahissaient la Salle de la Guerre, frappant à coups de poing, de bâton et d'épée, lançant balles et piques à la tête de l'ennemi. Là, ils dénichèrent ce qui restait des serpents, des araignées, des rats noirs et des chats de gouttière borgnes.

Les trolls avaient beau être dodus et rondouillards, Jake constata avec fierté qu'ils n'en étaient pas moins de valeureux combattants.

Dans la Salle de la Guerre, le petit garçon trébucha sur une fiche électrique de la taille d'un gros chien.

« Qu'est-ce que c'est que ça ? » demanda-t-il.

Car il n'en avait jamais vu de telle.

« C'est la prise de courant grâce à laquelle les sorcières débranchent le soleil lorsqu'elles veulent plonger un village dans le froid et l'obscurité, expliqua Sprinkelschnoudel.

— Je n'en avais jamais entendu parler. »

L'oie de tête s'empara de la fiche électrique et s'envola de toute la force de ses ailes. Comme les trolls le lui avaient demandé, elle alla brancher la prise directement dans le soleil, qui est la source de toute énergie et de toute vie sur notre planète. Mais elle l'enfonça dans la partie du soleil la plus éloignée, de manière que les sorcières ne puissent plus jamais la retrouver.

Cependant, leur allié le volcan Goomph n'avait plus de feu ni de soufre dans ses entrailles et il cessa de cracher. Sa vive lueur rouge s'éteignit peu à peu et le ciel redevint noir.

Le hégilaf qui volait en cercles au-dessus de l'île prévint ses amis que les sorcières s'apprêtaient à revenir. Sprinkelschnoudel commanda donc à tous les attaquants, y compris à Ishkebibl, de grimper sur les oies.

« Vite, vite ! criait-il. Redoublez, triplez de vitesse ! »

Malheureusement, Druzilla et ses filles revinrent avant que les oies aient eu le temps de s'envoler. La sorcière prononça une formule magique, et aussitôt tous les fuyards furent paralysés sur place.

Puis elle marcha droit sur Sprinkelschnoudel, Jake et le hégilaf, et elle s'exclama :

« Bravo ! Bien fait pour vous. Je pourrais vous transformer tous en crapauds, mais j'ai besoin de quelques trolls – créatures insignifiantes – pour inculquer les bonnes manières à mes filles. »

Elle s'arrêta devant Jake.

« Quelle horreur, songeait-il, c'en est fait de nous ! Si près du but... »

Druzilla cueillit du bout du doigt une larme qui coulait sur sa joue.

« Dégoûtant petit garçon », commenta-t-elle.

Puis, se tournant vers Sprinkelschnoudel :

« Je veux que mes filles apprennent à descendre de crocodile aussi délicatement qu'il sied à des demoiselles, qu'elles sachent contempler un coucher de soleil sans proférer des grossièretés ou se mettre à dévorer des petits oiseaux, qu'elles apprécient la musique des serpents... Enfin vous voyez ce que je veux dire. Si seulement elles pouvaient humer le parfum des fleurs sans mordre dedans ! »

A ce moment, il se produisit un événement auquel personne ne s'attendait.

Un rire s'éleva, résonna dans les hautes tours gothiques et se propagea d'une salle à l'autre dans le château. Les sorcières tressaillirent, perplexes. Elles ne s'attendaient pas à devoir endurer des rires, et elles n'avaient pas pensé à se fourrer de la mie de pain dans les oreilles.

Sprinkelschnoudel avait ri le premier, mais ses amis les trolls ne tardèrent pas à se joindre à lui. S'il y avait bien une chose contre laquelle le pouvoir des sorcières était inefficace, c'était ce rire spontané, imprévisible et par conséquent magique lui aussi.

Pour ajouter à la confusion, les hégilafs délivrés de la forêt de diamants se mirent à braire de tout leur cœur, comme des milliers de craies crissant sur un tableau noir.

Druzilla devint comme folle. Elle se mit à chercher partout de quoi se boucher les oreilles, et n'eut plus la force de maintenir le sort qui immobilisait les prisonniers.

Une fois le charme rompu, Sprinkelschnoudel sonna la charge. Les rires des trolls de la Convention Suprême résonnaient contre les parois de lave noire avec le braiment aigu des hégilafs.

Les sorcières s'enfuyaient, mais les oiseaux, oies et aigles leur picoraient les cheveux, et Jake leur donnait des coups de pied dans les genoux.

Sur ce, les esclaves de Rochenoire se rebellèrent. Tous les chats borgnes qu'on utilisait comme coussins sur le trône, les serpents qui servaient de ceinture ou de colliers, les chauves-souris forcées d'applaudir à tout bout de champ, les crapauds chargés de décorer les chapeaux, tous enfin se retournèrent contre leurs maîtresses.

Des années de mauvais traitements, d'insultes et d'humiliations réclamaient vengeance. Ayant les comptes les plus lourds à régler, les anciens esclaves furent les plus acharnés dans leurs attaques.

Sprinkelschnoudel donna de grandes gifles à Pleurnicharde, et les oies lui piquèrent le derrière. Les méchantes lettres en souffrance, les cuisiniers barbus qui farcissaient les pâtés de leurs poils et crachaient dans la soupe, tous lui donnèrent la chasse.

Pleurnicharde râlait, toussait et implorait grâce en s'enfuyant à toutes jambes. Elle finit au Musée Grévin, à Paris, statue de cire entourée de serpents vivants et de lettres en souffrance qui la surveillent sans cesse et

l'empêchent de faire le moindre mouvement.

Les serpents pourchassèrent Rance pour la faire tomber dans l'immense cocotte-minute pleine de sauce à l'ail, celle-là même qui devait servir à cuisiner le pauvre Jake.

Et la jeune sorcière, plongée dans le liquide bouillant, explosa en petits morceaux qui s'égaillèrent dans toutes les directions, emplissant la stratosphère comme une poussière d'étoiles.

Jake et les trolls, qui riaient toujours de bon cœur, entourèrent Exécrable et la tourmentèrent sans merci. En tentant de s'échapper, la sœur aînée tomba de la plus haute falaise de Rochenoire.

Pendant sa chute, les aigles et les vautours déchirèrent ses vêtements. Et lorsqu'elle tomba nue dans l'océan, les requins la pourchassèrent jusqu'au bout de l'horizon.

Exécrable hurlait de toute la force de ses poumons, non seulement à cause des rires et des requins, mais aussi parce que l'eau de mer la débarrassait de sa crasse, et que les sorcières ne supportent pas d'être propres.

Contre Druzilla, la bataille fut féroce. Elle faillit s'esquiver au nez et à la barbe de ses poursuivants dans son mortier. Mais Sprinkelschnoudel et le hégilaf avaient pris la précaution de saboter le sapin volant et le pilon, si bien que la sorcière ne pouvait plus s'élever très haut ni voler très vite.

Elle hurlait avec tant de rage que les flammes qui sortaient de sa bouche mirent le feu à ses propres vêtements. Poursuivie par le rire des trolls et le braiment des hégilafs, on la vit disparaître sur son mortier en flamme, hurlant comme une folle, sur la banquise du Grand Nord.

Là, elle explosa en mille petits morceaux nauséabonds qui retombèrent sur les icebergs glacés.

Les cris et les hurlements des sorcières en fuite, affreux à entendre, flottèrent longtemps dans l'air. Il y avait de quoi glacer le sang des plus braves.

Mais Jake et Sprinkelschnoudel, suivis de tous leurs valeureux compagnons d'armes, grimpèrent sur les oies et les dauphins, et s'en retournèrent chez eux aussi vite que possible. Ils ne voulaient pas manquer la grande fête...

13

Une belle fête

Au moment où les oies survolèrent sa maison, Jake comprit soudain combien ses parents lui avaient manqué, et à quel point son foyer lui était cher.

L'oie qui le portait sur son dos décrivit un cercle au-dessus du jardin et le petit garçon découvrit son grand-père Lars en train de tondre la pelouse avec ses bottes de caoutchouc. Puis il aperçut sa mère dans la serre en train de cueillir des tomates.

Lorsque l'oie atterrit sur la pelouse,

ce fut la famille Hanson au grand complet (parents, grands-parents, oncles et tantes) qui se précipita pour accueillir Petit Jake. Il n'en finissait plus de les serrer dans ses bras, de leur dire combien il les aimait et, bien sûr, de verser quelques larmes.

Dans le village, ce fut la surprise générale : personne ne s'attendait à retrouver Jake et son troll sains et saufs. Le directeur de l'école usa de toute son influence pour inciter les villageois à les chasser de Trollhaven.

En effet, il avait prévu que Druzilla et ses filles gagneraient la bataille. Pour s'assurer leurs faveurs, il avait même ordonné à l'orchestre de l'école d'apprendre les marches funèbres favorites des sorcières, et aux cuisinières de préparer des repas innommables.

Cependant, la pieuvre géante avait rapporté à la surface le cercueil de marbre contenant les rires du village et l'avait déposé sur le rivage proche de Trollhaven.

Aidé d'un requin-marteau, Sprinkelschnoudel démolit la serrure du cercueil, celle du coffre de plomb qui se trouvait à l'intérieur, et sortit la malle où étaient enfermés les rires.

Puis le vieux troll rassembla les villageois sur la plage et ouvrit la malle. Mais personne ne le crut lorsqu'il déclara que les rires s'y trouvaient : on n'entendait pas un bruit. Et comme le rire est invisible aux yeux des humains, la malle avait l'air tout à fait vide.

Sprinkelschnoudel demanda un volontaire. Mais aucun des enfants n'osait approcher : leurs parents ne le leur auraient pas permis, et d'ailleurs ils avaient trop peur.

Alors Jake demanda :

« N'y a-t-il donc personne de courageux ici ? Personne qui soit capable de surmonter sa peur pour sauver le village tout entier ? »

Pas un des enfants ne s'avança.

Jake intervint auprès d'Olivier Dinkelshpiel, son meilleur ami, le jeune berger qui jouait si joliment de la flûte. Olivier accepta de se porter volontaire.

Alors, sous les yeux du village tout entier, le vieux troll se pencha sur le contenu de la malle, examinant un rire après l'autre. Il avait l'air de dérouler des spaghetti invisibles, de jongler avec de l'air.

Quelques voix s'élevèrent :

« Ce troll est trop vieux. Il devient gaga.

— Il se moque de nous, oui ! C'est un charlatan. »

Mais enfin Sprinkelschnoudel découvrit ce qu'il voulait : un rire moins silencieux, plus vaillant que ses camarades moribonds. Avec d'infinies précautions, il l'apporta au petit berger.

« Ne t'inquiète pas, lui dit-il. Si ce rire n'est pas le tien, il ne t'ira pas et tu le rejetteras automatiquement. Les rires des gens sont aussi distincts entre eux que leurs empreintes digitales. »

Olivier avala une grande bouffée d'air et, lentement, aspira son long rire.

Mais celui-ci, trop longtemps privé de chaleur humaine, devait mettre quelque temps avant de retrouver toute son intensité.

Peu à peu cependant, le soleil revenant, et avec l'aide de Jake qui racontait des blagues idiotes, le rire d'Olivier s'éleva de plus en plus fort, de plus en plus allègre.

Au bout d'une heure, il était clair que l'expérience avait pleinement réussi. Olivier était redevenu jovial et facétieux, il riait une fois par minute, et tous les autres enfants du village voulaient l'imiter.

Les premiers de la liste furent Annie et Janie, les filles du boulanger, et Strudelmeyer junior, le fils du coiffeur, celui qui ne faisait que des bêtises. Mais même les Râleurs et les Bonsariens entrèrent dans la file.

Tous étaient si pressés de retrouver leur rire qu'on jouait des coudes, c'était une bousculade générale. Les parents félicitaient Sprinkelschnoudel, quelques-uns essayèrent même de s'attirer ses bonnes grâces en lui offrant des gâteaux et du pain aux raisins pour qu'il leur permette de resquiller.

Ils disaient :

« Nous savions bien, cher vieux troll,

que vous n'étiez ni toqué ni gaga. Nous avons toujours eu confiance en vous. »

(N'ayant pas encore retrouvé leur sens de l'humour, les adultes mentaient encore un petit peu, mais bientôt tout rentra dans l'ordre.)

Dès que le village résonna de nouveau de rires d'enfants, il s'en trouva comme régénéré. A nouveau, la lumière de l'amour s'allumait dans le cœur des parents et des grands-parents, à nouveau leur esprit s'éclairait et leur pas redevenait ferme.

Les villageois se mirent à cirer leurs vieilles chaussures de danse. Soudain, il leur semblait rajeunir d'un siècle.

Constatant que la joie était revenue à Trollhaven, les maîtres d'école et les autres élèves firent des excuses à Petit Jake et à ses parents. Le directeur admit qu'il avait eu tort, que le petit garçon n'était pas ensorcelé et que si quelqu'un s'était trouvé soumis à une influence maléfique, c'était bien lui-même.

Cette nuit-là, plusieurs fêtes furent organisées. Dans les fermes, dans les forêts avoisinantes, dans les boutiques, les salles de bal et les églises, l'ennui et la tristesse furent remplacés par la joie et la bonne humeur.

Même Ishkebibl le facteur reprit ses activités avec entrain. Dès qu'il apprenait dans une lettre qu'une jeune fille de Trollhaven avait rompu avec son ami de cœur, il lui envoyait des lettres d'amour anonymes, signées « votre admirateur secret », et après les avoir apportées, il flânait dans les rues, épiant à la fenêtre pour surprendre la réaction de la jeune fille.

Si, d'un couple séparé ou divorcé, il interceptait une lettre exprimant conflit ou désaccord, il la déchirait et s'en allait la brûler au bord de la rivière.

Aux personnes âgées qui n'avaient plus de famille, il expédiait des lettres joyeuses que personne n'avait lues. Aux enfants qui désiraient trouver un correspondant, il dénichait des amis à l'autre bout du monde.

Jake lui déclara :

« Vous êtes un grand homme, monsieur Ishkebibl. Je crois bien qu'il n'y a jamais eu de facteur qui vous arrive à la cheville. »

M. Ishkebibl rougit et lui fit jurer de ne rien dire. Désormais, ce serait leur secret.

Quant au lapin noir, fuyant comme de juste devant son inséparable ombre, il arriva en courant à Trollhaven le jour même. Tremblant de fatigue, il vint se blottir dans les bras de Jake et lui déclara :

« J'en ai assez de la politique ! Je préfère infiniment être ton animal de compagnie. Tu me donneras des carottes à manger et nous pourrons jouer ensemble chaque fois que tu le voudras. »

Cette nuit-là, dans la maison des Hanson tout au bout du village, on dressa la grande table des banquets pour les adultes, et une autre petite table pour les enfants et les trolls.

A la table des grands, les parents et les grands-parents de Jake étouffaient de baisers leur petit garçon, le faisaient sauter sur leurs genoux, chantaient des chansons, riaient et prononçaient des discours interminables.

Jake était entouré de ses anciens et de

ses nouveaux amis. Avant d'émigrer vers le sud, les oies sauvages assistèrent à la fête. Jake remercia l'oie de tête, et toutes les oies courageuses qui avaient porté les assaillants sur leur dos. En retour, les oies l'invitèrent à visiter le Nil l'année suivante et l'Inde l'année d'après.

Le petit garçon remercia également les hégilafs pour leur braiment puissant et les fourmis pour leur infatigable énergie. Il remercia les vaches d'avoir donné leur lait pour soudoyer les serpents. Et, bien sûr, il remercia Goomph d'avoir craché tant de fumée et de feu au visage des sorcières.

Vers le milieu de la nuit, Sprinkelschnoudel quitta la fête avec un mot aimable et se dirigea vers la forêt. Au début, il eut un peu de mal à se rappeler quel sapin abritait son humble refuge, car tous les arbres se ressemblaient.

Il revint plusieurs fois sur ses pas, à la lisière du jardin des Hanson, mais il finit par trouver le vieux chemin forestier qui menait à sa maison. La porte d'entrée était à demi recouverte par la mousse et le lichen.

Il déblaya à mains nues mousse, branches mortes et brindilles, et enfin il retrouva, telles qu'il les avait laissées, ses vieilles pantoufles, sa vieille robe de chambre, sa jolie petite chaise en champignon et sa pipe en épi de maïs.

Tout fatigué qu'il était, il ressentit une grande joie de retrouver sa maison. Il s'assura que les murs de son salon ne s'étaient pas détériorés. De l'eau suintait des deux trous pratiqués par Jake, mais l'endroit était encore vivable.

Sprinkelschnoudel savait qu'il lui faudrait bientôt déménager et construire, plus loin du petit chemin, entre les racines d'un arbre moins exposé à l'érosion, une maison aux murs plus solides.

Mais pour le moment, il n'avait pas la tête à cela. Il résolut de boire une tasse de thé. Cependant, avant même de mettre l'eau à bouillir, il lui fallait encore accomplir une action plus urgente.

Quelque chose qui ne pouvait pas attendre...

Le vieux troll s'allongea sur son lit de mousse et de lichen. Il était si épuisé qu'il se promit de dormir au moins jusqu'au printemps, à moins qu'un petit garçon ne vienne à nouveau défoncer le mur de son salon... Mais il espérait que ce genre d'incident ne se reproduirait plus.

Sur l'île de Rochenoire, la paix était revenue. Les nuages noirs et la fumée pestilentielle se dissipaient peu à peu. Au printemps, puis en été, des fleurs sauvages se mirent à pousser un peu partout, et de nombreux oiseaux, aigrettes, mouettes, pingouins ou aigles, revinrent y faire leur nid.

Parfois, lorsque le temps est clair, on entend des rires d'enfants portés par le vent qui viennent voleter au-dessus de l'île comme une nuée de joyeux papillons.

Plus jamais on ne voit apparaître à Rochenoire une de ces dames montées sur un sapin volant, les oreilles farcies de boules de mie de pain. A vrai dire, il n'y vient plus personne, ni humains, ni créatures de forme humaine, à part quelques pêcheurs.

TABLE

Composition réalisée par EURONUMÉRIQUE - SÈVRES

IMPRIMÉ EN FRANCE PAR BRODARD ET TAUPIN
Usine de La Flèche, 72200.
Dépôt légal Imp : 4070 B-5 – Edit : 970.
32-10-0972-01-3 – ISBN : 2-01-020923-0.
Loi nº 49-956 du 16 juillet 1949 sur les publications destinées à la jeunesse.
Dépôt : juin 1994.